HET VERLATEN LAN.

DE BERBERBIBLIOTHEEK

Eerder verschenen in de Berberbibliotheek

MOULOUD MAMMERI

Het verlaten land

Vertaald door Hester Tollenaar
Met een nawoord van Asis Aynan

Uitgeverij Jurgen Maas
Amsterdam, 2016

De Berberbibliotheek is mede tot
stand gekomen met steun van het VSBfonds

VSBfonds,
iedereen doet mee

De uitgever ontving voor deze uitgave in het kader
van Schwob.nl een subsidie van het Nederlands Letterenfonds.
Ga voor meer literaire ontdekkingen naar www.schwob.nl

N **ederlands**
letterenfonds
dutch foundation
for literature

De vertaler ontving voor deze vertaling
een werkbeurs van het Nederlands Letterenfonds

ISBN 978 94 91921 24 7
NUR 302

Verspreiding in België EPO | www.epo.be
Uitgeverij Jurgen Maas | www.uitgeverijjurgenmaas.nl

Het voorjaar is bij ons van korte duur. Wanneer na de laatste koude winterdagen, waarop de wind woest over de dakpannen raast en mens en dier zich moeten verschuilen voor de sneeuw, het milde voorjaar terugkeert, heeft het nauwelijks de tijd om de velden een groen laagje te geven of de zon doet de bloemen alweer verwelken en de oogsten vergelen. De lente van de meisjes is ook van korte duur. Toen ik wegging liet ik Aazi van Taasast achter, de verloofde van de nacht, en toen ik terugkwam trof ik Tamazouzt aan, dochter van Lathmas, huwbaar meisje.

De wetenschap dat ik met Aazi ging trouwen leek weinig indruk te hebben gemaakt op mijn neef Menach. Niet zolang geleden zou hij mij nog de gelukkigste man ter wereld hebben gevonden, maar hij was minstens zoveel veranderd als ik.

Menach, wie zou dat hebben gedacht, was niet langer vrolijk. Hij ging nog altijd even elegant gekleed, trok nog steeds twee keer per dag een andere kleur boernoes aan, maar lachen kon hij niet meer.

Vroeger gingen we iedere avond bij Davda, de vrouw van Akli, kannen karnemelk drinken, maar in plaats van met ons mee te komen pakte Menach nu zijn dunne wilgenstok en ging vele kilometers in zijn eentje over de weg lopen. Met als excuus dat Davda en hij elkaar niet mochten vermeed Menach ons allemaal, en wanneer we het toevallig voor elkaar kregen dat hij bij ons bleef, gedroeg mijn neef zich vreemd, waarbij zijn sombere humeur plotseling en zonder aanleiding kon omslaan in een onnatuurlijk luidruchtige vrolijkheid.

Toen de drukkende warmte in mijn kamer me op een nacht uit mijn slaap hield ging ik naar het dorpsplein, het Pelgrimsplein zoals we het hier noemen, om wat frisse lucht te halen. De maan aan de hemel boven de bergen ging bijna onder, maar dankzij de vele sterren was de nacht niet te donker. Toen ik er langsliep zag ik dat er nog licht scheen in de kamer van Davda en achter het venster bewoog Akli's vrouw een paar keer heen en weer. Ik duwde tegen de massief essenhouten deur die toegang gaf tot het plein. Op het moment dat ik tevoorschijn kwam, dook op de verst afgelegen steen iemand snel weg in zijn boernoes. Ik herkende Menach aan het paars van zijn overkleed.

Hij beantwoordde mijn begroeting niet.

'Kun je niet slapen? Ik ook niet. Het is ondraaglijk warm. Je zegt niks, stoor ik?'

'Laat me met rust, ik heb je toch niks gevraagd.'

Zijn stem klonk ruw, wrevelig. Hij keek op uit de boernoes waarin hij zijn hoofd had weggestopt. Een van de paarse, zijdeachtige repen stof viel neer op zijn knieën. In het maanlicht dat zijn gezicht bescheen kon ik Menachs verwrongen trekken zien. Zijn gelaat was verkrampt, alsof hij last had van een slechte spijsvertering. Hij hield zijn lippen op elkaar geperst, zijn ogen waren troebel en te wijd opengesperd, zijn neusvleugels trilden. De menselijkheid was uit zijn verharde, bijna dierlijke gezicht verdwenen, alsof het omhulsel van mijn neef ineens zielloos was geworden.

'Loop nou maar door,' zei hij. 'Wat doe je hier? Er is niks met me, echt niet.'

Menach zat in een van zijn zwartgallige periodes en ik zag dat de pijn die zijn gezicht verwrong hem dwong te praten.

'Je moet zeker om me lachen, hè? Jij, die zich net als de rest wentelt in doodgewoon, diep geluk. Binnenkort ga je trouwen. Je zult blijdschap kennen, van je vrouw houden en samen zullen jullie veel kinderen krijgen.'

Waaraan ik zo'n uitval verdiende, kon ik niet bedenken. Was het mijn schuld dat ik met Aazi ging trouwen, pardon, dat ik met haar móést trouwen? Verder had ik op dat moment vooral medelijden met de trieste schim die er van Menach over was.

Een licht briesje stuurde het afgezwakte geluid van trommelslagen onze kant op, dof en met tussenpozen, vermengd met meerstemmig gezongen flarden van dansliedjes. Het was het koor van Ouali's groep, de *sehja*, zoals ze het noemen.

'Daar zijn de gelukkigen,' zei Menach. 'Zij worden tenminste niet verstikt door scrupules.'

'Wat is er met je?'

'Wat er met me is? Niks, behalve dat ik net bij Davda vandaan kom.'

'Ja, en?'

'Je hebt zeker wel gezien dat het licht nog bij haar brandde toen je langsliep?'

'Ja.'

'Nou dan! Dat komt dus doordat ik bij haar was sinds zonsondergang, een uur, of langer, of korter, ik weet het niet meer.'

'De zon is al meer dan twee uur geleden ondergegaan.'

'Dan was ik er dus langer dan twee uur.'

'Met Akli?'

'Nee, die was naar het verlovingsfeest van Sekoura en Ibrahim. Ik wist dat hij pas heel laat thuis zou komen, maar ik dacht dat jullie allemaal bij Davda zouden zijn. De enige dag waarop jullie er wel hadden moeten zijn, zijn jullie niet komen opdagen.'

'We wisten van niks. Waarom heb je het niet tegen ons gezegd?'

'*Eha*! *Ihia*!' Er werd naarstig geroffeld bij de sehja in de verte. Hoewel ze nog zacht klonken, konden we nu de liedjes herkennen die op het briesje onze kant op kwamen gewaaid.

Menach leek me niet te hebben gehoord. Hij raasde voort, als een gewond everzwijn: 'Ik wilde er niet naartoe gaan. Sinds mijn terugkeer uit Fez was ik nog niet één keer bij haar thuis geweest.'

De maan verdween achter de minaret. Ik kon Menachs gezicht nog maar net ontwaren.

'Zij riep me. Natuurlijk had ik nee moeten zeggen,

maar dat doet er nu niet meer toe. Ze vroeg me eerst of ik een oude, zilveren broche van haar wilde verkopen en daarna ging het gesprek een andere kant op, ik weet niet meer hoe het kwam, ik ben gebleven om koffie te drinken. Ik wilde steeds vertrekken, maar ik bleef.'

Menach zag niet dat zijn stok was gevallen. De beweging die ik maakte om hem op te rapen, interpreteerde hij verkeerd.

'O! Ik weet wel wat jij denkt, hoor. Dat ik een smeerlap ben, dat je 's avonds het huis van een jonge vrouw wier man er niet is niet binnengaat, maar ik zei je toch dat zij mij riep.'

'Was zij het ook die je niet liet gaan?'

'Ja. De eerste keer dat ik opstond om te vertrekken, bood ze me koffie aan. De tweede keer, wilde ze... Ik...'

'De tweede keer?'

'Ze wilde haar haren wassen.'

Ik schrok op. Ineens zag ik het beeld voor me van Davda die haar gewassen haren stond te drogen bij het vuur. Een toneelstukje dat ze ook al eens voor mij had opgevoerd, dus ik herkende het al nog voordat Menach me er meer over vertelde. Maar opnieuw interpreteerde hij mijn reactie verkeerd.

'Ja, en? Wat is daar mis mee? Mag een vrouw haar hoofdbedekking niet afnemen voor een man? Zij deed dat dus wel voor mij, en wat dan nog? Ik ben geen oude vent, ik vind het een belachelijk gebruik. Dat zei ze trouwens ook tegen me.'

'Dat ze het een belachelijk gebruik vond? Gefeliciteerd!'

'Nee, dat ze het deed omdat ik niet zoals de anderen ben. Ik heb haar haren aangeraakt, Mokrane. Ah! Haar haren!'

'Wat?'

'Ze wilde me laten zien dat ze een grijze haar had die steeds terugkwam. Haar haren!'

Dat was het enige dat Menach wist uit te brengen. Het aanraken van Davda's haar had zo'n indruk op hem gemaakt dat hij er geen andere woorden voor vond en dus alleen maar herhaalde: 'Haar haren.'

De zachte wind blies een vleug parfum onze kant op. Het was dat van Akli. Als Davda's man in de buurt was, kon Menach zijn verhaal beter een andere keer afmaken. Deze keer begreep hij me wel goed.

'Dat komt niet van hem. Ik ben het. Toen haar haren droog waren, parfumeerde ze ze, en ze deed ook wat parfum op de mijne.'

Ik werd achterdochtig. Hoe ver had Menach vanavond zijn geëmancipeerde ideeën doorgedreven, aangezien hij nu rondliep met hetzelfde parfum als Davda?

Net toen ik hem de vraag wilde stellen, hoorden we snelle voetstappen, gevolgd door de schelle stem van Akli, uit de duisternis, nog voordat we hem konden zien: 'Waar hebben jullie het over, jongelui?'

'Over Samson en Delila,' antwoordde Menach op het toontje van iemand die ruzie zoekt. 'Toch, Mokrane?'

'Ja, zoiets ja,' zei ik, hopend de situatie te kunnen redden zonder al te veel afbreuk te doen aan de werkelijkheid.

Akli had nog nooit van Samson en Delila gehoord,

maar de verspreider van de Verlichting wilde niet laten blijken dat hij iets niet wist. Mijn antwoord interpreteerde hij als een subtiel grapje en hij begon te schaterlachen.

'Wat ben jij geestig zeg,' zei Menach tegen me, geïrriteerd door Akli's lach.

Het leek me goed om het gesprek een andere wending te geven.

'Akli, waar kom je zo laat vandaan?' vroeg ik.

'Ah,' begon hij. 'Weet je dat dan niet? Er zijn omstandigheden in het leven waardoor een man, ongeacht hoe intelligent hij is en in weerwil van de principes die voor hem een lichtbaken zijn, zoals een vuurtoren voor een schip, zich moet schikken naar de voorschriften van een maatschappij waarvan hij niet in zijn eentje de oeroude misstanden in één dag kan rechtzetten.'

Akli maakte zijn zaak er niet beter op. Menach verloor zichtbaar zijn geduld, want Davda's man had voor de zoveelste keer ingewikkeld gepraat zonder iets te zeggen. Opnieuw probeerde ik de bui te doen overdrijven: 'Ik hoorde dat je Sekoura met Ibrahim hebt verloofd.'

'Inderdaad, helaas! Aangezien het barbaarse gebruik om twee mensen die elkaar niet kennen met elkaar in de echt te verbinden nog steeds tot onze zeden behoort.'

'Waarom zou een idioot niet met een mooie en slimme vrouw mogen trouwen? Het gebeurt nog dagelijks en zelfs in de omgeving van degene die nu tegen je praat,' zei Menach.

Maar niet alle zinspelingen drongen door tot de verlichte geest van Akli, die verder ging: 'We hebben de bruidsschat vastgesteld: tienduizend frank en tien zakken meel. Het huwelijk zal aan het eind van de herfst worden voltrokken.'

Zonder een antwoord af te wachten duwde hij de deur open, waarna we zijn voetstappen hoorden vervagen.

Menach ging door het lint.

'Wat een idioot, wat een ezel!' riep hij woest uit. En toen we Davda's melodieuze stem hoorden nu Akli was thuisgekomen, propte Menach een stuk stof van zijn boernoes in zijn mond om het niet als een bezetene uit te schreeuwen.

Ik sloeg een arm om hem heen. Het ritme van de sehja in de verte werd opgevoerd. De harde slagen leken niets heel te laten van de tamboer en de stemmen waarmee de dansers werden aangemoedigd klonken luid en duidelijk, omdat iedereen in de groep inmiddels dacht dat er niemand meer naar hen luisterde.

'Nu is hij bij haar,' zei Menach. 'Die idioot! Terwijl ze nog geen halfuur geleden haar gezicht vlak bij het mijne hield en we samen in de spiegel keken, om onze huidskleur te vergelijken, ons haar, de breedte van onze mond.'

'Menach! Je bent gek! Ze zijn getrouwd.'

'En wat dan nog? Hij zei net zelf dat het huwelijk bij ons een kwestie van toeval is. Bovendien mag hij me wel dankbaar zijn. Toen hij het over die bruidsschat had, met zijn holle frasen, scheelde het niet veel of ik...'

'Menach, je weet niet wat je zegt.'

Hij wilde verdergaan, maar ik legde mijn vingers op zijn mond. Achter de koetspoort klonk het geruis van zijde en het ongelijkmatige en doffe geluid van blote voeten op de grond. Meteen roken we ook hetzelfde parfum dat ik in de haren van mijn neef had opgemerkt.

Menach bleef stil, pakte mijn vingers vast en kneep ze bijna fijn. Zijn hand voelde klam en trilde licht. Davda kuchte en deed de deur van binnenuit dicht, omdat ze schijnbaar niet wist dat wij er waren.

'Akli,' zei ik, waarbij ik deed alsof ik dacht dat hij het was, 'laat maar open, ik ben hier.'

'Mokrane, vergeef me, ik dacht dat iedereen al lang in bed lag.'

Ze kuchte nog een keer en vertrok.

Menach deed zijn best om met zijn normale stem, zijn zangerige, modulerende stem van vroeger, te spreken en zei: 'Ga slapen, vriend, toe maar. Ik blijf nog even hier.'

Hij wikkelde zijn schouders in de twee panden van zijn boernoes, trok zijn capuchon ver over zijn hoofd en ging op de koude stenen van het plein liggen. De sehja op de dorsvloer was gestopt; er werden nu rustige en treurige liefdesliedjes gezongen door één stem, waarschijnlijk die van Mouh, heel zacht. Van achter de minaret kwam net de maan weer tevoorschijn.

Ik bleef staan; Menachs ademhaling werd al snel regelmatig. Hij had een arm onder zijn hoofd gevouwen en hoewel zijn ogen dicht waren, zag ik aan zijn mooie gezicht, met de twee identieke curves van zijn lange wimpers, dat samen met de ontspanning zijn ziel was teruggekeerd.

Wanneer we het met Na Ghné, de oude vroedvrouw van ons dorp Tasga, over Menach hebben, zegt ze altijd: 'De zoon van Vlaïd? Die heeft een toverdrank gedronken, het arme kind.'

Menach? Terwijl ik naar hem keek, zag ik zijn hele geschiedenis voorbijkomen en het leek me dat Na Ghné gelijk had.

Ik zag hem voor me toen hij nog een briljante eindexamenkandidaat was. Van oktober tot juni verbleef Menach in Fez, waar zijn broer zijde verkocht. Wanneer hij voor de zomervakantie in Tasga was, hing er een waas van onverklaarbaar aanzien om hem heen, die te maken had met zijn tot in de puntjes verzorgde uitdossing, de geheimzinnigheid van het onbekende, verre land waar hij net vandaan was gekomen en misschien ook met de onvoorstelbare uitspraken die hij bezield tegenover ons deed: 'Als je negentien bent, is het voor altijd.' Of: 'Vriendschappelijke liefde voel je omdat... Echte liefde voel je ondanks...' Dat jaar kwam hij ook aanzetten met deze wrange definitie van de liefde (volgens hem van een Chinese filosoof): 'Eerst verlangen en genoegen, dan verveling en misnoegen.'

Wat Davda betreft moet ik zeggen dat hij was begonnen bij het tweede deel van die definitie, want in eerste instantie moest hij om onverklaarbare redenen niets hebben van Akli's vrouw. Hij was achttien toen ze bij ons kwam, waarna Davda, net iets ouder dan hij en volgens iedereen een ware schoonheid, meteen het middelpunt werd van zijn afkeer, die hij niet onder stoelen of banken stak.

Ze mocht absoluut niet tegelijk met hem op de binnenplaats van het huis zijn. En toen ze zich een keer had proberen te verweren tegen een van zijn vele standjes, had ze zo de wind van voren gekregen dat ze sindsdien haar mond niet meer tegen hem opendeed. Hij stelde alles in het werk om haar dagelijks te jennen met allerlei uitspraken, toespelingen en daden die haar ten overstaan van anderen vernederden. Davda, trots als ze was op haar schoonheid, legde zich er schijnbaar bij neer – zodra het oktober was vertrok Menach toch weer om zijn dierbare studie te hervatten en ze hoefde hem dus enkel gedurende de drie vakantiemaanden in Tasga te verdragen.

Hoe kwam het dan dat Menach nu alleen al bij de herinnering aan het aanraken van Davda's haren bijna gek werd? Nooit hebben we kunnen achterhalen wanneer en waarom die plotse en radicale omslag had plaatsgevonden. Vroeger vertelde hij ons urenlang over de Berbermeisjes met wie hij had geslapen tijdens zijn tochten door de Marokkaanse bergen om de zijden stoffen van zijn broer te verkopen. Een hele rits namen had hij, met voor ons vreemde klanken die ons deden wegdromen: Berri, Itto, Tamou...

Allemaal verleden tijd nu, Menach zat inmiddels bij de groep van Ouali.

Ouali en zijn makkers: weinig van mijn herinneringen aan Tasga zijn niet tot op zekere hoogte aan hen verbonden. We vormden twee rivaliserende groepen jongeren en de geschiedenis van onze geschillen heeft me mijn hele jeugd beziggehouden. Wij waren 'die van Taasast' en zij kortweg 'de groep'.

15

Rondom de grote Ouali had zich, een beetje door toevallige ontmoetingen, maar vooral omdat hij een instinctief veilige keuze was, een hele groep jongeren gevormd die geen werk had, geen inkomsten en meestal ook geen scrupules. De meesten hadden het niet ruim en sommigen waren ronduit arm. Wij van Taasast, wie het aan niets ontbrak, wisten heel goed dat ze meestal wel genoeg te drinken hadden, maar niet altijd genoeg te eten.

Op jonge leeftijd waren ze al met school gestopt en sindsdien waren ze soms een paar maanden weg om wat geld te verdienen bij de Arabieren of in Frankrijk, want bij ons is er geen werk; op het platteland zijn er weinig voorbeelden van boeren wier akkers evenveel opbrengen als de teelt heeft gekost. Dus hielden de leden van 'de groep' zich vooral bezig met drinken zodra ze konden, wat werk als ze het vonden, en met de sehja's, die iedere avond werden gehouden.

In het organiseren van sehja's waren ze meesters geworden. Altijd als het mooi weer was 's avonds vertrokken ze naar de dorsvloer op onze akker Aafir. Zich bedienend van onze bomen en heggen maakten ze een grote houtstapel die aangestoken mocht worden door de kleintjes, die zich later bij de groep zouden aansluiten.

Ouali, de aanvoerder, hield toezicht. Fors van stuk, harde pezige spieren, een hoekig profiel en een katachtige, enigszins verontrustende blik: dat was Ouali.

Raveh deed al het denkwerk; de kleine Raveh met zijn breekbare ledematen, zijn pienter glinsterende ogen en zijn bewust langzame, zogenaamd lodderige stem.

Maar de vreemdste figuur in de groep was zonder twijfel Mouh, die herder was bij mijn vader. Een bruin hoofd, hard op elkaar geperste lippen en ingevallen mondhoeken, diepe als het ware in zijn gezicht gebeitelde groeven, een aardkleurige boernoes met recht naar beneden vallende panden en vooral die heldere ogen, als zuiver, diep water: dat was Mouh, zoals ik hem mij tot in het diepst van mijn geheugen herinner; Mouh, de virtuoze fluitspeler van Ouali's groep. Hij behoorde tot de Bouaddou-stam en het was een wonder dat Ravehs kameraden hem in hun midden hadden opgenomen, al kon hij heel goed fluit en tamboerijn spelen en danste hij uitmuntend. Verder was hij opgegroeid in Tasga. Na de dood van zijn vader was hij al op jonge leeftijd herder geworden bij mijn vader, om brood op de plank te krijgen voor zijn oude moeder. Mouh ging zelden naar haar terug, maar hij stuurde haar geld via streekgenoten. Hij hoorde een beetje bij ons gezin en de kinderen noemden hem Mouh van de Chaalal, alsof hij echt familie van ons was.

Wanneer de verhoudingen niet te gespannen waren, deden we mee met de sehja's van Ouali's makkers. Maar dat gebeurde niet vaak. Voor 'de groep' waren 'die van Taasast' een stel rijke stinkerds, en Raveh kende een woord dat hij had geleerd tijdens een kort maar vruchtbaar uitstapje naar Noord-Frankrijk, om er in de mijnen te werken, waarmee hij ons vernederde: 'de fascisten'.

Raveh had niet helemaal ongelijk met zijn vreemdsoortige vocabulaire. Ik was de minst rijke van Taasast, en toch bracht ons land mijn vader genoeg op om, zij het met moeite, een studie voor mij in Bordeaux te kunnen betalen. Ook Menach was welgesteld, maar de echte rijkeluiszoon van Taasast was Idir, wiens vader op de hoogvlaktes schapen kocht, die hij naar Frankrijk exporteerde. Eerlijk gezegd waren het eerder de vuisten van Idir, net zo hard als die van Ouali, waarvoor we ontzag hadden dan zijn rijkdom. En verder was Idir een beetje onze Mouh, een kunstenaar op zijn manier, want in plaats van te studeren, zoals wij, trok hij door de bergen, langs rivieren en heiligdommen, en verdween hij zonder reden naar landen met vreemde namen waar hij niets te zoeken had, om vervolgens op een avond ineens weer op te duiken terwijl niemand meer aan hem dacht.

Ons zwakke punt was Meddour. Over een jaar zou hij zijn opleiding tot onderwijzer in Bouzaréah afronden en hij was in Tasga de pleitbezorger geworden van alles wat hij in algemene termen 'beschaving', 'vooruitgang' en 'moderne ideeën' noemde.

Vooralsnog had hij alleen Akli weten te overtuigen (die hij had geleerd net zulke mooie zinnen te maken als hijzelf), en een paar stakkers die zich voelden aangetrokken tot de rijkdom van Davda's echtgenoot. Meer niet. De anderen, met name Raveh en de leden van de groep, gaven openlijk blijk van hun onverschilligheid en soms van hun minachting.

Maar het was nu eenmaal zo. Meddour was Sekoura's broer en Kou, zoals we haar noemden, was onmisbaar, want zij bracht altijd als eerste de nieuwste dansliedjes naar Tasga en ze kende bovendien oneindig veel Kabylische verzen, al hadden we er geen idee van hoe ze dat voor elkaar kreeg.

Aazi was ook een van ons, voordat ze mijn verloofde werd, en gelukkig hebben de leden van de groep nooit geweten dat Kou en Aazi bij ons hoorden, van het bestaan van die twee geweten, want die jongens zouden zich niet hebben gegeneerd hun minachting te tonen. Meisjes! Stel je voor!

Aazi was Menachs nicht aan moederszijde. Lathma, Aazi's moeder, die aan de overkant van de vallei was getrouwd met iemand uit een naburige stam, was onlangs weduwe geworden. Samen met haar dochter was ze teruggekomen om in het grote huis onder ons te wonen.

Sinds de inmiddels lang vervlogen tijd toen ik door een malariabesmetting het geluk had voor één keer een heel jaar in Tasga te moeten blijven, gingen we vaak samen naar de hooggelegen kamer van ons huis. Van daaruit overzagen we heel Tasga. Zelfs de minaret stak niet boven ons uit. Bij binnenkomst zagen we vóór ons de lange bergkam van de Ath Irathen met de spitse punt van het Icheriden-monument, in het oosten de bergen met de Kouilal-pas, in het westen het dorp Aourir en achter ons de moskee met zijn minaret, die ons het zicht ontnam op een deel van de bergen. Ongeacht vanaf welk punt in Tasga kon je onze donjon zien afsteken tegen de hemel en hoog boven alle lage huizen in het dorp zien uittorenen, als een herder te midden van zijn kudde. Daarom hadden we hem Taasast genoemd: de wachtpost.

Eerlijk gezegd sloeg die naam, die we bleven gebruiken, nergens meer op want we hadden Taasast al lang geleden gesloten. Aazi had de sleutel nog. Iedere vakantie namen we ons voor om hem in de volgende vakantie weer te openen, maar de laatste keer dat we uit elkaar waren gegaan hadden we beloofd dat we er alleen weer naar binnen zouden gaan als de hele groep compleet was. En op dat besluit leek een vreemde vloek te rusten: er ontbrak altijd iemand.

Belangrijke gebeurtenissen voor ons waren de bruiloft van Kou en van Aazi, een geslaagde sehja, het einde van de vijgenoogst, de opening van Taasast, of de meest recente toespraak van de *sjiech* in de dorpsvergadering. Naast ons hielden Akli en de nieuwste aanhangers van de beschaving en de verlichte ideeën de actualiteit bij. Op een dag begrepen we tot onze ontsteltenis uit de krantenkoppen dat de vrede nog maar aan een zijden draadje hing en dat miljoenen mannen die niet blij waren met hun lot zich op miljoenen andere mannen wilden storten om het te verbeteren.

Achteraf gezien, en in het licht van wat er sindsdien is gebeurd, schijnt onze zorgeloosheid van toen me dwaas en kinderachtig toe. Zodra Akli de krant had gelezen bracht hij altijd meteen Davda op de hoogte van het nieuws. Om de verbeelding van zijn vrouw te prikkelen dikte hij graag de gebeurtenissen aan, die zonder zijn hulp toch al tragisch genoeg waren. Meteen ging Davda dan naar de gedeelde binnenplaats van ons huis om er, omringd door alle toegestroomde vrouwen, op haar eigen manier en nog ietsje somberder het beeld over te brengen dat Akli zojuist had geschetst. Ze deed alsof ze onaangedaan was, gaf uitleg over dingen waarvan ze niets begreep, wond zich op, raakte in vervoering door de klank van haar eigen stem, door de blikken vol spanning die op haar waren gericht en verzon details die haar in het vuur van haar betoog te binnen schoten: 'Er komen heel veel vliegtuigen. De *Administrateur* in Michelet heeft al opdracht gegeven ondergrondse huizen te bouwen.'

En haar mooie gezicht bleef geheel onbewogen terwijl ze vervolgde: 'Alle mannen zullen weggaan, allemaal. Alleen de oudjes, kinderen en vrouwen zullen achterblijven. Hoe moeten we dan nog het land bewerken?'

Eerst luisterden de vrouwen met open mond naar haar, daarna spraken ze allemaal hun mening en gedachten uit en werd het een gesprek waaraan iedereen deelnam. Dat ging iedere dag door tot laat in de avond.

Voor deze plattelandsvrouwen die nooit voorbij Aourir waren geweest, het naburige dorp, en voor wie de heuvel van Icheriden al een verre wereld was, was de oorlog met al die namen van onbekende landen een prachtig verhaal geworden, dat dankzij Akli en Davda iedere avond verder ging.

Daarom vonden ze allemaal dat Baba Ouali, vader Ouali, een spelbreker was. Gewoonlijk ging de blinde man iedere avond, op het moment dat de vrouwen hun bijeenkomst opbraken, uit de moskee terug naar huis, waarbij hij werd voorafgegaan door het tastende geluid van zijn stok op de grond. Iedere avond vroegen ze hem om nieuws, in de stiekeme hoop dat hij, als man, op een dag eindelijk de grote gebeurtenis zou aankondigen, en iedere avond gaf hij zonder uitzondering hetzelfde antwoord: 'Moge God die verre van ons houden! Als er nog heiligen zijn die over ons waken dan zullen onze jongemannen niet vertrekken. Jullie zullen je echtgenoten, broers en kinderen behouden.'

'Baba Ouali, ze zeggen dat Hitler een monster is, een duivel, dat alle Duitsers bereid zijn voor hem te sterven, zoals de strijders in de Heilige Oorlog.'

Die woorden, die bedoeld waren als een felle veroordeling, vertolkten in feite hun bewondering voor de man die alleen al met zijn slimheid de hele wereld in beroering wist te brengen.

'Vervloekt zij hij! Kan God hem geen kwaal sturen waaraan hij bezwijkt?'

En allemaal liepen ze teleurgesteld weg. Hoe haalde die man het in zijn hoofd om zo'n meeslepend verhaal te willen verpesten? En wat wist hij er eigenlijk van, blind, oud en onwetend als hij was? Akli, die las tenminste kranten.

Hoe dan ook hadden ze het nergens anders meer over, de vrouwen bij de bron en op de wegen, de mannen op het plein, in de koffiehuizen en op de markten. Om uiteenlopende redenen en door een vreemde tegenstrijdigheid die heerste onder die mannen en vrouwen, die er enkel de verwoestende gevolgen van zouden ondervinden, werd de oorlog haast in feeststemming afgewacht. Eindelijk een grote gebeurtenis – wezenlijk, omdat er doden bij vielen, en universeel, omdat iedereen ermee te maken zou krijgen – die de monotonie van het leven zou doorbreken. Alsof de mensen het beu waren iedere dag hetzelfde tegemoet te zien als de dag ervoor, versnelden ze met het gewicht van hun openlijke of stilzwijgende goedkeuring de waanzinnige wedloop richting de stompzinnige uitkomst. Alles zette hen daar verder toe aan: de indoctrinatie door de pers, door de radio, de zorgvuldig de wereld ingestuurde geruchten, de ellende. Misschien zou er zo een redmiddel komen voor de apathie en de armoede die sinds jaren heersten in Tasga en de andere bergdorpen? Iedereen was inmiddels zo ver dat als hij de oorlog al niet wilde, hij er op zijn minst vaaglijk op wachtte.

Sinds lange tijd heerste er in ons plaatsje inderdaad een vreemde, ongrijpbare ziekte. Een ziekte die overal en nergens was, die soms een paar maanden weg leek te zijn om dan ineens weer toe te slaan, keihard, als het ware ter compensatie van het korte respijt dat we hadden gehad. We hadden alles geprobeerd, maar niets hielp, vooral omdat niemand precies wist wat de oorzaak van het probleem was, welke heilige we hadden beledigd, hoe de jongeren over de schreef waren gegaan of hoe de oudjes in de vergadering verkeerd hadden geredeneerd of onjuiste beslissingen hadden genomen.

Twee jaar achter elkaar waren de bronnen drooggevallen en moesten we helemaal beneden in de vallei water halen. De hagel had het onrijpe graan beschadigd. Alleen al in het bos van Ifran hadden we in één zomer vier branden geblust. De kinderen vochten niet meer met elkaar; ze zaten in een kring op het plein, net als de oudjes, en hadden het over auto's of de prijs van etenswaar; ze speelden niet, zoals wij in onze tijd, dat ze jakhalzen waren, of everzwijnen, of de avontuurlijke spelletjes die ons tot in Aourir of nog verder brachten; nooit hielden ze stenengevechten, en de oudjes van wie wij ze niet mochten houden vanwege de verwondingen en de schade aan de akkers, die de vechtende partijen aanrichtten, betreurden het uiteindelijk dat er nooit meer een groep langs stoof die de oogst plattrapte. Er werden nog altijd evenveel kinderen geboren, maar het waren vooral meisjes; er stierven er ook veel, maar dat waren vooral jongens. Een kwaadaardige wind waaide over Tasga. Alle oudjes herinnerden zich hoe ze vroeger blootshoofds naar buiten gingen wanneer het sneeuwde; nu had onze schoenmaker alleen maar in de noordenwind gestaan terwijl hij zijn ezel met ijzers had beslagen en de volgende dag konden we hem begraven. Een beste kerel, die je schoenen voor bijna niets oplapte.

Maar dat was nog niet het ergste, het ergste was de triestheid die van de muren droop; de ezeltjes die de helling bij Takoravt langzaam afliepen, de trage ossen, de bepakte vrouwen, allemaal volbrachten ze vreugdeloos een schijnbaar oersaaie taak waar ze alle tijd voor hadden; omdat het leek alsof ze er een eeuwigheid over konden doen, haastten ze zich niet. Men kreeg de indruk dat de mannen en vrouwen geen enkele verwachting meer hadden, zo onverschillig stonden ze tegenover de vreugde.

Daarnaast vertrokken er te veel jongeren naar Frankrijk, om er geld te verdienen. De grond kon niet in alle behoeften voorzien. Onze grootouders hadden twee keer minder behoeften en vier keer meer grond dan wij. Dus ging iedereen weg. Het was begonnen met de twee zoons van de schoenmaker, na de dood van hun vader; daarna waren Mebarek, Ouali, Ali en Idir vertrokken, al konden we over die laatste niets zeggen, hij was waarschijnlijk niet weggegaan voor werk en we wisten ook niet of hij terug zou komen.

Zonder die luidruchtige, brutale, vrolijke groepen jongeren, die vertrokken waren om geld te verdienen, voelden de straten leeg en kil. De jonge meisjes, die door niemand nog werden opgewacht op de pleinen, haalden alleen nog precies zoveel kruiken als ze nodig hadden, terwijl ze voorheen zo vaak heen en weer liepen dat ze hun water zeker in lekke urnen goten, zoals Ouali zei. En nu liepen ze ook nog langzaam en netjes en alleen naar de dichtstbijzijnde bron, terwijl ze vroeger giechelden en omwegen maakten en water gingen halen aan de andere kant van het dorp. Zonder het gelach en de spelletjes van de jonge meisjes waren de bronnen en de wegen zo sober en kalm geworden als de redeneringen van wijzen.

Er waren trouwens te veel jonge meisjes, er waren er zoveel dat het zorgwekkend werd. Nooit hadden we ze in zulke groten getale gezien in Tasga, want de jonge mensen trouwden niet meer. Net als de *Iroumien* zeiden ze dat ze eerst genoeg geld voor twee moesten verdienen; ze dachten, die goddelozen, dat ze hun kinderen te eten konden geven met het werk van hun handen; ze wisten niet dat het God is die rijk of arm maakt. Onze voorouders waren wijze mensen die eerst trouwden, omdat ze wisten dat dat niet alleen gewoon noodzakelijk is maar ook een plicht jegens God en de wet van de Profeet, en pas daarna probeerden ze te voorzien in de behoeften van het gezin, want God is barmhartig en genadig.

Maar er was nog meer. Bijvoorbeeld dat de gesprekken in de *tajmaït* steeds meer weg hadden van een lange dialoog tussen de sjiech en mijn vader. Want er was in Tasga geen redenaar meer te vinden die uitvoerig en waardig kon spreken. Afgezien van de sjiech en mijn vader had geen van de oudjes nog iets te melden en van de jongeren kon er niet één een gedegen redevoering houden in het Kabylisch. Wanneer er toch eentje het woord nam zag je een voor een de bebaarde en ontdane gezichten van de oudjes betrekken, die met zijn allen op de achterste stenen zaten. Allemaal voelden ze zich ongemakkelijk, want de redevoeringen van de jongeren leken op gesprekken bij de kruidenier: droog, saai, ongeordend en zonder citaten, en uitsluitend gericht op het vinden van een oplossing voor een klein, specifiek detail. Hun speerpunt was '*imoufid*', het minimum; wat moest de vergadering verwachten van toespraken die openlijk uit waren op het minimum?

Het was alsof Sidi Hand-ou-Malek, de heilige die al bijna vier eeuwen over ons dorp en onze hele stam waakte, niet meer om ons gaf. Overal heerste een soort verval, een lusteloosheid, en je ging je haast afvragen – met alle respect voor onze door God geliefde voorouder – of de *baraka* van de grote heilige misschien niet meer reageerde op de gebeden van onze maraboets, alsof hij niet meer van ons hield, alsof hij doof was geworden en onze stemmen niet meer hoorde.

Toegegeven, we hadden een dergelijke vloek meer dan verdiend. Had onze veekoopman niet op een dag het lef gehad om aan de vergadering voor te stellen op te houden met de *Timechret*, het offeren van schapen of runderen waaraan het hele dorp meedeed voor het Kleine Feest of aan het begin van de lente? 'Het is te duur en wat heeft het eigenlijk voor zin?' Zelfs een zogenaamde *taleb* van de Al-Azhar-universiteit in Caïro, die er sinds kort was, beweerde dat het volgens ons geloof zondig was, maar laat God hem die blasfemie vergeven, hij is nog zo jong.

Toch waren de meeste mannen in het dorp het met hem eens. Zijn laatste argument had de resterende aarzelingen weggenomen: 'Wat heeft het voor zin?' Meteen na de toespraak van de veekoper was er zo'n luid instemmend geroezemoes losgebarsten dat de sjiech, die begreep dat de zaak verloren was, de zitting had opgeheven voordat er een beslissing was genomen. Dat zouden ze tijdens de volgende bijeenkomst doen. Hij hoopte dat God in de tussentijd de blinden het licht zou laten zien. 'We zullen de knoop later doorhakken,' zei hij, 'als God het wil. Alles op zijn tijd.'

Maar tegen mijn vader en de oudjes bleef hij erover doorgaan: 'We zullen dit jaar een Timechret houden,' zei hij, 'dit jaar en alle jaren die nog komen tot mijn dood, en dan, na mij, moeten de mensen in Tasga maar doen zoals geschreven staat dat ze moeten doen.'

Toch zwichtte niet iedereen voor de blinde en onweerstaanbare aantrekkingskracht van het onbekende. Wanneer Davda aan het bazelen was, stonden mijn moeder en die van Menach en Meddour zwijgend in een hoekje. Vaak was Na Ghné bij hen. Ze legden hun wijsvinger op hun gesloten lippen en luisterden naar de ratelende vrouw van Akli. Zodra ze konden, gingen ze weg, de goden smekend dat ze de catastrofe ver bij hen vandaan zouden houden. De clan van moeders had helemaal geen trek in die oorlog die ze hun zonen zou afnemen; Na Ghné ook niet, want in haar jonge jaren had ze talloze strijdverhalen meegemaakt waarin jongemannen waren vertrokken te midden van *youyous* van opgedofte en geparfumeerde meisjes, en meestal kwamen ze niet terug.

Wie het helemaal niet erg vond te moeten gaan, was Idir, om persoonlijke redenen. Tijdens de burgeroorlog in Spanje had hij gehoord dat er internationale brigades meevochten met de Republikeinen. Hij had zich net zo lief aangesloten bij de andere zijde, al was het maar om Riffijnse Berbers als wapenbroeders te hebben, maar hij dacht sneller aan de gevechten mee te kunnen doen als hij de rangen van de Republikeinen ging versterken. Idir was in Tlemcen toen hij hoorde van het bestaan van de brigades. Spaans Marokko was vlakbij en hoewel de nationalisten daar de dienst uitmaakten kon Idir de verleiding niet weerstaan en stak, onbezonnen als altijd, de grens over, op een oude ezel en verkleed als Jood.

Hij was vastberaden om zich aan te sluiten bij het leger van Franco, als ze hem wilden. Tijdens zijn reis naar Tanger, want dat was waar hij tegen alle logica in dacht scheep te gaan, werd hij heel genereus geholpen door de bevolking in de dorpen waar hij doorheen trok. Aangezien het Riffijnse Berbers niet veel verschilt van het onze sprak Idir het al snel vrij goed. Zijn altijd rijkelijk gevulde beurs deed de rest. Al gauw was hij zo ingenomen met de streek en de mensen dat hij begon te dralen tijdens de dagelijkse etappes van zijn avontuurlijke tocht. Ten slotte kwam hij toch veilig en wel in Tanger aan, vermagerd en met de dikst mogelijke baard, vergezeld door een grote waakhond die hij van een Riffijn had gekregen.

Uiteindelijk was het die hond die hem bijna in de gevangenis deed belanden, want het dier week nooit meer van zijn zijde, zelfs niet midden in de stad. Hij was er nog geen halfuur of de politie van Franco kwam hem al uit zijn onderkomen halen. Om deze tegenslag een positieve wending te geven noemde Idir zijn hond Benito. Hij legde de weg die hij kort daarvoor had genomen weer af, in omgekeerde richting nu, maar aangezien het land hem echt beviel, ging hij deze keer de grens over naar het Franse gedeelte van Marokko. Hij was van plan enige tijd door te brengen in Fez, bij de broer van Menach, vooral zodat hij hem om wat geld kon vragen, want wat hij bij vertrek had meegenomen was bijna op. Geflankeerd door Benito kwam hij in Taza aan, met in zijn ogen een blik die begerig was naar nieuwe streken en mensen, en in zijn hart een onvervuld verlangen gemengd met verdriet omdat hij niet had kunnen vechten.

In Fez bleef hij maar een paar dagen die hij vooral slapend doorbracht, zo vermoeid was hij. Op een ochtend zag Menachs broer, toen hij uit bed kwam, Idir nergens meer; hij was vertrokken zonder iets te zeggen. In de hoop op zijn dwaaltochten door de streek de Itto's en Berri's te ontmoeten, over wie Menach het zo vaak tegen ons had gehad, trok Idir naar de bergen. Zo doolde hij lange tijd rond en van Menachs broer hoorden we welke plaatsen hij aandeed tijdens zijn zwerftocht. Een ingewikkeld en altijd onvoorspelbaar traject: Figuig, Colomb-Béchar, Aflou, nog een keer Figuig, ineens Fez, God mag weten waarom, daarna twee weken waarin Idir leek te zijn verdwenen in de bergen, en dan opnieuw Figuig. De eerste keer dat Idir zelf ons schreef, meldde hij in een kort briefje dat hij binnenkort terug zou komen om zijn mobilisatiebevel op te volgen.

Zouden we dan eindelijk, na drie jaar, Taasast weer openen? Want met de komst van Idir zouden we helemaal compleet zijn; Menach, Meddour en ik zouden niet meer weggaan om te studeren.

We hadden ons weinig aangetrokken van het mobilisatiebevel – een mobilisatie is zoals iedereen weet nog geen oorlog – maar op drie september ontnam de oorlogsverklaring van Engeland en Frankrijk aan Duitsland ons iedere illusie. Ook wij moesten vertrekken en waarschijnlijk was het nog maar een kwestie van dagen. Dus konden we net zo goed in Tasga blijven en op Idir wachten.

Nog voordat Idir terug was, verdwenen er echter alweer leden van onze groep, want tijdens de laatste mooie dagen vierden we het huwelijk van Sekoura en Ibrahim. Hij was niet mobiliseerbaar en had een kruidenierswinkel in Nédroma waardoor hij in welstand leefde, zozeer zelfs dat Kou zich nergens zorgen om hoefde te maken. Toch huilde ze veel bij het afscheid. Meddour hekelde op zijn beurt in niet mis te verstane bewoordingen hoe barbaars de vereniging van twee wezens die elkaar niet kenden was, maar vierde net als iedereen feest.

De opgeroepenen moesten ruim voor zonsopgang vertrekken opdat ze voor zes uur Fort-National zouden bereiken, wat het verzamelpunt was. De sterke koffie die ik had gedronken hield me die hele nacht wakker. De doodse stilte werd enkel onderbroken door sporadisch hondengeblaf of het gekraai van een te vroege haan. Al gauw hoorde ik echter ook het geluid van een groeiend aantal voetstappen buiten. Deuren die dichtsloegen, stemmen die in de stilte van de nacht veel harder leken dan ze waren en die tussen de huizen opklonken, al spoedig leek het alsof het hele dorp in rep en roer was. Ik keek op mijn horloge: net één uur. Het was dan ook minstens drie uur lopen naar Fort-National.

Omdat ik niet kon slapen, ging ik bij het raam staan. Buiten was het donker. Af en toe lichtte een toorts op in de duisternis. De hand die hem vasthield was nauwelijks zichtbaar; schuifelende voeten op de grond, flarden van zinnen die ik hoorde wanneer de wind mijn kant op blies: 'Schrijf me... Heb je je dikke trui mee... Ga maar, je bent ruim op tijd...'

Op alle nabijgelegen heuvels brandden lichtjes. De nachtelijke duisternis was helemaal wit bespikkeld.

Dat duurde zo ruim een uur en toen werd alles weer zo stil en donker als tevoren, alsof alle toortsen gedoofd, alle deuren en monden gesloten en alle voetstappen gestopt waren. Zelfs het doffe gefladder van kippen die hun vleugels uitslaan was niet meer hoorbaar; alles was stil, roerloos, alsof alle geluiden die te vroeg uit de duisternis waren gekomen er weer snel naar waren teruggekeerd.

Maar ineens werd de stilte doorbroken door een lange, rauwe kreet, als van een dier of iemand die in de rug wordt gestoken: 'Mouloud, mijn zoon!' Meteen gevolgd door een uitbarsting van duizenden andere kreten van opgejaagde dieren, alsof ze op een teken hadden gewacht om zich te kunnen laten horen. Uit Aourir, Tasga, Tala, overal vandaan. Ze vielen stil, wisselden elkaar af, overstemden elkaar, klonken gelijktijdig of leken weg te sterven om des te harder weer los te barsten. Van alle omliggende heuvels kwamen dezelfde diepe jammerklachten, die uitdoofden in Tasga, waar hun verzwakte klanken opgingen in het rouwconcert van de stemmen van alle vrouwen uit ons dorp. Alle namen kwamen voorbij: Kaci, Saadi, Meziane... Om allemaal werd getreurd alsof ze al dood waren. De nacht weerkaatste ononderbroken en onstuimig het kenmerkende geroep van vrouwtjes bij wie de jongen worden weggenomen, en de duisternis maakte de talloze treurliederen des te beklemmender. Bij alle deuren verschenen nu de toortsen weer, met groepen mensen in hun licht, vage silhouetten van vrouwen die zich in het gezicht of op de handen sloegen. Niemand trok zich nog iets aan van de welvoeglijkheid en in die sfeer van enorme en algehele rouw die Tasga in zijn greep had, liepen de vrouwen uit alle huizen zij aan zij met de mannen over straat.

Door het vertrek van de mannen was alles namelijk anders. Nu pas werd het verhaal waarvan we steeds de spannende afleveringen te horen hadden gekregen realiteit. Dus dit was oorlog! Tasga zou de kwaal waaraan het leed nooit te boven komen zonder de aanwezigheid van al die jongemannen die konden bijdragen aan het herstel. De rauwe uiting van verdriet had iets angstaanjagends en moois tegelijk. De rouwstoet kwam langs mijn raam. De sjiech liep voorop. Ik kon zijn diepe stem nauwelijks horen door al het gejammer van de vrouwen en het gehuil van de meisjes. Hier en daar liepen waardige en ernstige mannen die te oud waren om te worden gemobiliseerd. Achteraan liep Na Ghné met haar manke pas.

'*Ruheth dhi Thna a Lharoua...*' Ga in vrede, mijn kinderen.

Al degenen die weggingen waren inderdaad haar kinderen.

Gesmoord gesnik achter me. Ik draaide me om: mijn moeder en Aazi waren binnengekomen zonder dat ik ze had gehoord. Net als ik keken ze naar die vreemde optocht. Ter bescherming tegen de kou had mijn moeder de lange omslagdoek met roze franje die ze 's winters droeg om haar schouders geslagen; Aazi had geen tijd gehad om iets aan te doen, ze had haar eenvoudige jurk met witte stippen aan, omsnoerd bij haar taille; haar haar was los en ondanks het verdriet dat werd verspreid door de jammerklachten van de vrouwen die steeds verder van ons vandaan liepen, viel me op hoe mooi ze was.

'Straks moet jij ook,' zei mijn moeder.

'Welnee, moeder, je weet toch dat studenten uitstel krijgen. En bovendien, als ik wel ga, moet ik eerst een jaar op oefening en daarna zal de oorlog wel voorbij zijn.'

Ik loog om mijn moeder gerust te stellen, ook al geloofde ze me niet. Proberen uit te leggen dat iemand ook uit overtuiging aan de oorlog mee kon willen doen, was vergeefse moeite en mijn moeder vertrok. Ze verborg haar betraande ogen achter haar doek.

Ik was bang dat Aazi achter haar aan zou lopen. Mijn verloofde vermeed me al sinds het begin van de vakantie en dat vond ik eigenlijk niet zo erg, maar vanavond werd ik aangetrokken door haar ongemaakte schoonheid en de magische sfeer van de donkere nacht vol naargeestig gejammer. Dus begon ik domweg te praten om haar bij me te houden, tot ze me onderbrak en zei: 'Wanneer ga jij?'

'Ik heb geen idee.'

'Dat heb je wel, want Meddour en Menach hebben al het bevel gekregen om in januari in Tasga te zijn. Jij hebt hetzelfde bericht gekregen, ik weet zeker dat je het verbergt. Zeg het me nou maar eerlijk.'

'Ik zeg toch dat ik niks heb ontvangen, en bovendien, wat kan het jou schelen?'

Ze gooide haar haren over haar schouders naar achteren.

'Ik kan niet lang met je praten. Als ik niet met je moeder mee was gekomen en als het niet de dag van het vertrek was geweest, had ik geen woord met je gewisseld. Ik weet niet eens of ik nog een keer met je kan praten voordat je weggaat, en dat terwijl ik nu zo goed als je vrouw ben. Hier,' zei ze terwijl ze haar ring afdeed en me die snel aanreikte, alsof ze bang was te worden betrapt, 'draag deze maar, ook als je eenmaal soldaat bent. Mij kan het niet schelen wat de mensen denken als ze hem herkennen. Jou?'

'Mij ook niet,' antwoordde ik, minder overtuigd dan zij.

Ze draaide zich om en liep weg. Eenmaal bij de deur aarzelde ze, waarna ze weer naar me toe kwam.

'Ik heb de sleutel nog. Zal ik hem teruggeven, zodat je Taasast kunt openen?'

'Zonder jou is het niet hetzelfde. Bovendien is Idir er nog niet.'

'Goed, dan bewaar ik hem tot we Taasast samen kunnen opendoen. Ga in vrede,' zei ze.

'Blijf in vrede,' antwoordde ik.

Ik was alleen en draaide de ring van Aazi tussen mijn vingers. Hij was van zilver, met een emaillen juweel. Ik zou hem een andere keer wel omdoen: wat een afgang als mensen hem de volgende dag aan mijn vinger zouden zien. Ik bedacht allerlei redenen om hem niet te hoeven dragen, waarvan de minst belangrijke wel was dat ik me zou overleveren aan de kinderachtige gedachten van een overdreven romantisch meisje, maar ik kon het beeld van Aazi in mijn raamopening, met achter zich de hemel, haar haren los, niet uit mijn gedachten krijgen.

De inwoners van Tasga kwamen in kleine groepjes

terug van de begraafplaats, sommigen kermend, anderen zwijgend, waar ze afscheid hadden genomen van de gemobiliseerden. In de verte tekende de kruin van de Djurdjura zich af tegen de bleke hemel.

Op een avond in oktober toen mijn moeder, zoals ze graag deed, met een rustige en gelijkmatige stem het sprookje 'Hamama van Siouf, zittend aan zee' vertelde aan een publiek van met open mond luisterende jongens en meisjes, kwam er iemand binnen zonder te kloppen. De man mompelde 'goedenavond' vanonder de grote capuchon die zijn gezicht verborg en kwam niet naast ons bij het vuur zitten, maar nam stilletjes plaats in de donkerste hoek van de kamer. Waarschijnlijk iemand uit de omgeving, dachten we, niemand sloeg acht op hem. Onverstoorbaar ging mijn moeder verder met haar verhaal, uitsluitend af en toe onderbroken door het gejank van een hond die binnen wilde komen en die verbeten aan de deur krabde. Toen mijn moeder klaar was, stapte de vreemdeling uit de duisternis direct op haar af. Verrast slaakten we allemaal een kreet: het was Idir.

Zijn huid was bruin en hij was vermagerd, zijn ogen lagen dieper in hun kassen en hij was van top tot teen in een bruine boernoes van kamelenhaar gehuld. Zijn aanstaande mobilisatie, het huwelijk van Kou dat al voorbij was, het mijne dat we binnenkort gingen vieren en zijn vermoeidheid hadden hem teruggedreven.

De korte herfst was bij ons minstens zo aangenaam als het voorjaar en werd misschien nog wel meer gewaardeerd omdat we wisten dat hij sneller voorbijging. Daarna begon meteen de winter. Met een voortdurende harde noordenwind die woest tegen de luiken blies en ons huis boven op de heuvel mee leek te willen sleuren, en regen die met bakken uit de lucht kwam, waarna er een paar uur later enkel nog kale stenen op de schoongespoelde wegen lagen. Toch hadden we aan het eind van die oktobermaand een paar mooie dagen, waarop een waterige zon scheen.

In die periode werd mijn feest gevierd. Het was minder vrolijk dan Aazi en ik ons hadden voorgesteld, in Taasast. Er werd geen *ourar* gehouden, uit eerbied voor de jongemannen die al aan het front waren, en eigenlijk maakte de oorlog, die overal op drukte, alles soberder en treuriger.

Bijna een hele maand nog bleef het mooi weer: de herfst kwam dat jaar verrassend laat. Mijn vader kon daardoor de laatste vijgen laten drogen, die hij dacht te hebben verloren toen de eerste onweersbui was losgebarsten. Met als excuus dat we erop wilden toezien dat de oogst en het drogen snel klaar zouden zijn – voordat de zware winterse regenbuien zouden komen en dan misschien wél voor langere tijd – ging ik bijna iedere avond met Aazi naar onze akker Aafir. Dat druiste in tegen het gebruik dat stelt dat een man niet met zijn jonge bruid op stap mag tijdens de wittebroodsweken, maar door de oorlog was alles toegestaan.

Eerlijk gezegd was het voor ons simpelweg een excuus om samen de frisse, late herfstdagen op het land door te brengen. Mouh, bijgestaan door een ploeg arbeiders die hij uit zijn streek had laten overkomen, deed het echte werk. Wij konden toch niks. Dat wist onze herder heel goed en hij kwam me altijd snel verslag doen van de verrichte arbeid, zodat ik 's avonds thuis iets te zeggen had, waarna hij weer terugging naar zijn droogrekken. Verder deed Mouh zijn uiterste best om me aan het eind van de dag wat verse vijgen te laten brengen door de kleine herder – altijd de laatste, waarna hij ons er de volgende dag wonder boven wonder nog meer liet bezorgen. Wanneer hij ons zag aankomen, keek hij glimlachend met een blik van zowel verstandhouding als voorkomendheid, alsof hij wilde zeggen: 'Zijn dat nu kleren om het land mee op te gaan?'

Inderdaad droeg ik iedere dag een andere paarse, zwarte of okerkleurige boernoes. Onder mijn witte zijden *gandoura* glansde mijn rode bolero, waarvan de mouwen borduursel hadden tot aan de elleboog. De wandelstok die ik bij me had, van hout dat ik niet kende maar dat op ebben leek, had een ivoren knop; Akli had hem mij vlak voor mijn huwelijk gegeven.

Maar het was vooral Aazi's uitdossing die uit de toon viel in de rustieke omgeving van onze dagelijkse wandelingen. Ze droeg de klassieke tooi van een pasgehuwde vrouw, maar de stoffen van haar jurken, haar omslagdoeken en haar sieraden waren waarschijnlijk de weelderigste die de mensen in ons dorp sinds lange tijd gezien hadden. Akli had, aangespoord door Davda, een diadeem voor haar gekocht die hij speciaal en in het geheim had laten maken door de meest vermaarde juwelier van Ath Yanni. Hoewel de vrouwen bij ons alleen zilveren sieraden dragen, had Menach een ronde broche en oorbellen van goud met ingezette witte stenen waarvan hij de naam niet kende uit Fez laten opsturen door zijn broer. Iedereen uit onze groep had een cadeau willen geven aan de jonggehuwden: Idir had uit zijn koffers een sjaal uit Afflou opgevist die Aazi waarschijnlijk nooit ging dragen. Meddour had ervoor gekozen mij een nuttig cadeau te geven, een verhandeling over kinderverzorging, gebaseerd op de laatste ontdekkingen op dat gebied. Toen Menach dat hoorde, was hij bijna gestikt van het lachen, terwijl hij al zolang leek te zijn vergeten wat vrolijkheid was. Kou schoof Aazi haar eigen zilveren ring met email om haar vinger; we wisten dat Ibrahim slechte zaken had gedaan en dat het cadeau van Kou een rib uit haar lijf was. Gelukkig beviel Kou niet lang na ons huwelijk van haar tweede kind en kon Aazi haar alles geven wat een jonge moeder nodig heeft.

Mijn vader had onze zeer gevarieerde uitzet gekocht en Aazi wist iedere avond de felste kleuren met elkaar te combineren tot een woest maar vreemd genoeg ook mooi geheel. Volgens het gebruik waren haar lange wimpers zwart geverfd met antimoonpoeder, waardoor ze in contrast met haar pupillen een nachtblauwe glans kregen; het leek ook alsof haar ogen dieper lagen. De twee dunne goudbruine streepjes boven haar wenkbrauwen, van water waarin walnotenschors had geweekt, zagen eruit als twee vleugels. Met dezelfde schors had ze haar lippen en tandvlees roder gemaakt; haar handen en voeten waren gekleurd met Amerikaanse henna, die feller was dan de hennabladeren die vroeger werden gebruikt. Het geheel was overgoten met een vreemd parfum waarin heliotroop, kruidnagels en benzoë verwerkt waren. Als ze liep verspreidde ze het overal, op het gras onder haar voeten en op de blaadjes tussen haar vingers; we roken het zelfs nog een dag later op de stenen bij de bron op Aafir, waar we water hadden gedronken.

Aazi was dunner geworden, maar ze straalde een geluk uit dat ik niet kan omschrijven, misschien omdat geluk niet in woorden te vatten is. De waterhaalsters die we tegenkwamen sloegen hun ogen neer, zoals vrouwen behoren te doen wanneer ze langs een man lopen, maar een stukje verderop zag ik vaak dat ze stiekem met grote ogen van bewondering naar Aazi keken.

Door mijn huwelijk viel onze groep helemaal uiteen. Ware liefde is egoïstisch; Aazi en ik waren zo met onszelf bezig dat we onze vrienden vergaten. Over het heropenen van Taasast spraken we bijna nooit meer.

Een ongelukkig toeval wilde dat Menach zich ook van ons had losgemaakt om zijn eigen weg te gaan. Bijna iedere avond vertrok hij nu met Ouali's groep. Hij worstelde in zijn eentje met een impasse, hij stond met de rug tegen de muur door een liefde die je volgens onze gebruiken met de dood moet bekopen, en had zoals gewoonlijk geprobeerd een uitweg te vinden met behulp van een theorie waarin hij echt wilde geloven: 'Alleen achterlijken, alleen futloze voortbrengsels van een vermoeide beschaving twijfelen en lijden. Daden zijn het enige dat telt, want daarmee los je problemen op nog voordat ze ontstaan. Dingen doen, ongeacht wat en wanneer, is het geheim van geluk.'

Om die mooie principes in de praktijk te brengen, maar eigenlijk om de pijn te verzachten door zijn zintuigen af te stompen, werd Menach een trouwe bezoeker van de sehja's. De elegante Menach hulde zich in een vuile boernoes en liet zijn baard staan opdat de groep hem zou toelaten. Zijn fijne wilgenstok verving hij door een grote essenhouten knuppel. Mouh was degene die hem inwijdde. Wat hij overigens uiterst tactvol deed. Vanaf de allereerste avond waarop Menach met hen mee was gekomen, overtrof Mouh zichzelf. Hij deed alles: eerst pakte hij de tamboerijn en vol bewondering keek Menach naar de bewegingen van zijn hand, die zo snel waren dat hij zijn vingers nauwelijks meer zag, en luisterde hij naar het geroffel dat onze herder liet ontstaan door de knokkel van zijn duim over het strak gespannen vel te laten rollen; vervolgens tokkelde hij wat op de mandoline, die hij weggooide omdat hij een snaar had gebroken. De sehja maakte een hels maar ritmisch kabaal in de nacht. 's Morgens vroeg deed Mouh vrouwendansjes. Ze hadden speciaal een jurk voor hem bij zich. De voorbereidingen duurden lang: een dans van Mouh was een beetje als het inzetten van de oude garde. De herder begon rustig, hij leek zich in te houden. Ineens liet Raveh de sehja stilvallen, waarna hij in een ander ritme verderging met 'Mon basilic':

Ik wil graag trouwen
Maar het is niet aan mij alleen

Hij wist dat dat Mouhs favoriete lied was. Als werd hij gedreven door onzichtbare krachten ging de herder van start. Met een opmerkelijke overgave volgde hij ieder moment, iedere opleving in de muziek; hij trappelde, werd nu eens rustig en leek dan weer niet meer te houden. De plooien van zijn witte jurk zigzagden in de lucht of bleven juist keurig op hun plek, als gladgestreken door heimelijke handen. De hele groep danste: het gespannen vel van de tamboerijn leek op springen te staan onder de vingers van Ouali. Menach was werkelijk onder de indruk.

Hijgend en bezweet kwam Mouh naast hem zitten en leunde een beetje tegen hem aan om op adem te komen terwijl iedereen hem luidruchtig feliciteerde, maar onze herder leek niets te horen. Hij deed zijn jurk uit, wikkelde zich zwijgend in zijn bruine boernoes en liet lange tijd zijn blik over de blauwachtige bergen gaan. Daarmee was het afgelopen. Iedereen ging terug naar het dorp. Alleen Mouh bleef zitten staren naar de horizon. Verschillende groepsleden stelden voor met hem mee naar boven te lopen. Steeds sloeg hij het aanbod zachtjes af.

Menach had ook geen zin om terug te gaan. Deze nacht, of misschien alleen het slaapgebrek, had te veel vage verlangens in hem wakker gemaakt. Het beeld van Davda bleef hem vervelend opdringerig en uitgesproken duidelijk voor de geest komen. Werkte zijn nieuwe methode niet?

Toen iedereen naar boven was gegaan bleven ze lange tijd zwijgend zitten, tot Mouh Menach voorzichtig vragen begon te stellen over zijn leven. Hij vertelde overal over, zijn studie, zijn reizen, de kleinste details uit zijn verleden. Het deed hem plezier dat iemand zo nieuwsgierig en geïnteresseerd in hem was. Bovendien was hij wel in de stemming om zijn hart te luchten. Hij sprak lang achter elkaar, de ene na de andere herinnering kwam in hem op. Beiden stonden ze op en in plaats van naar het dorp te lopen, begaven ze zich op weg naar Aourir. Menach praatte nog steeds. Hij verzweeg niets, behalve zijn gevoelens voor Davda, uit discretie maar misschien ook vaaglijk uit angst. Mouh luisterde en antwoordde net genoeg om hem duidelijk te maken dat hij alles begreep. Soms pakte hij de hand van Menach, die onwillekeurig voelde hoe zacht zijn huid was. Toen Mouh zich een keer naar hem toe draaide, viel het Menach voor het eerst op wat een mooie ogen de herder had, of kwam dat alleen maar door deze nacht?

Pas tegen het ochtendgloren liepen ze weer naar boven, toen de eerste boeren al het land op gingen.

Vanaf die dag ging Menach geregeld 's avonds naar de sehja. Overdag kwam hij laat zijn bed uit en hij bracht bijna al zijn tijd door met Mouh. Ondertussen was hij lijkbleek geworden. En door de onverzorgdheid die alle groepsleden kenmerkte werd hij echt onherkenbaar. Mouh leek daarentegen te stralen van een stil maar intens geluk. Nooit eerder hadden de sombere ogen in zijn matte gezicht zo gesprankeld.

Half november ontvingen we allemaal een grauwwitte envelop. We waren ingedeeld bij het negende regiment tirailleurs in Miliana, waar we op de achttiende moesten zijn. We hadden nog maar drie dagen. Unaniem besloten we tegen niemand iets te zeggen tot de avond van de zeventiende. Dat was vroeg genoeg. Het was raar om te horen hoe mijn moeder en Aazi mijn melddatum bleven verzetten terwijl de oproep al in mijn zak zat. Toch verspreidde het nieuws zich de avond van de zestiende al, want Mouh, die met veel pijn en moeite voor elkaar had gekregen dat hij bij ons was ingedeeld en niet bij de Bouaddou uit zijn geboortestreek, had zijn papier aan Akli laten zien. Meteen was Davda naar Aazi gegaan: 'De veertig heiligen van de stam garanderen dat hij terugkomt.'

'Wie?'

'Weet je het dan niet? Mokrane moet overmorgen weg.'

Davda wist heel goed dat ik bewust tegen niemand iets had gezegd.

'Dat weet ik wel,' zei Aazi, 'hij heeft het me verteld. Maar zijn vader en moeder weten nog van niks en hij wil het hun pas een dag voor zijn vertrek vertellen.'

'Maar dat is vandaag.'

'O, ja, ik bedoel vanavond pas.'

Davda had gelijk. Al het bloed was uit Aazi's gezicht weggetrokken. Ze had tegen de muur geleund alsof ze niet meer op haar benen kon staan en haar ademhaling was hijgerig geworden.

Die avond kwam ik vroeg thuis. Nauwelijks had ik mijn schoenen uitgedaan en ingewisseld voor mijn espadrilles of Aazi riep me al vanaf de eerste verdieping, waar onze slaapkamer was. Ik ging naar boven.

'Ik krijg de kast niet dicht,' zei ze.

Ik haalde het papiertje weg dat het scharnier blokkeerde en wilde weer naar beneden gaan.

'Wil je geen andere boernoes aantrekken?'

'Nee.'

Opnieuw hield ze me tegen: 'Ik heb je rode boeken in de linkerhoek van de boekenkast gezet...'

Ze keek naar beneden. Haar stem was onvast, haar houding ongemakkelijk. Ik ging naar haar toe en duwde haar kin omhoog.

'Wat is er met je?'

'Niks, hoezo?'

'Zo ziet het er niet uit.'

Ze barstte tegen mijn schouder in snikken uit. Ik begreep dat ze het wist en duwde haar, overmand door ontroering, zachtjes van me af.

Onze laatste dag in Tasga was droevig. Alleen Idir was koortsachtig allerlei koffers in verschillende vormen en maten aan het inpakken, alsof hij op een plezierreisje ging. De ochtend van de achttiende vertrokken we uit Tasga, begeleid door dezelfde rouw en dezelfde weeklachten als bij het vertrek in september.

Gedurende de elf maanden van mijn oefening zat ik met mijn hoofd ergens anders. Het was de tijd van de schemeroorlog. Naar het schijnt raken zelfs de sterkste karakters uit hun doen door de dagelijkse beslommeringen van het militaire leven. Mij liet alles onverschillig, al waren we als officiers in opleiding wel onderworpen aan een speciaal regime. Ik was sterk en heb nooit echt geleden onder de fysieke vermoeidheid. Tijdens de studie-uren, waarin mijn makkers zich ijverig bogen over de Spartaanse pracht van het infanteriereglement, klom ik met Menach over de muur om te dromen op de zandoever van Cherchell of een tocht langs alle bistro's te maken.

We hadden geen tijd en geen zin om de kranten te lezen, dus bleven we via de burgers op de hoogte van de Duitse opmars. We bewonderden de doeltreffendheid van de Maginot-linie toen die al doorbroken was, we scholden met onze informant op het verraad van de Belgen toen de Duitsers al in Frankrijk waren en treurden om Amiens toen Parijs capituleerde.

Het peloton werd opgeheven. We keerden terug naar Miliana. Daar troffen we Mouh aan bij de trommelaars en hoornblazers, die zijn virtuozentalent al hadden ontdekt. De eerste maand die ik er doorbracht was heerlijk en ik kon eindelijk de stad leren kennen. Bij de opheffing van het peloton waren we allemaal tot sergeant benoemd. Toen we aankwamen in Miliana werden we ingedeeld bij verschillende eenheden. Het toeval wilde dat er bij 'Eén', waar ik moest zijn, al een beroepssergeant was die dezelfde naam had als ik. Toen ik me meldde bij de bevelhebber, zei hij dat ik me vergiste, dat de sergeant Chaalal die bij hem was ingedeeld er al was. Ik ging terug naar mijn oorspronkelijke eenheid, waarover een luitenant het bevel voerde die twintig jaar eerder als soldaat der tweede klasse was begonnen. Het beviel hem maar matig om een onderofficier te zien verschijnen die boeken las en dingen leek te begrijpen. Hij beval me te vertrekken, of anders... Dus ging ik terug naar de eerste bevelhebber, die net zulke duidelijke taal sprak. Door iedereen afgewezen kon ik maar één ding doen: verslag uitbrengen en wachten. En dat deed ik. Als een Achilles trok ik me 's avonds terug in mijn tent en ik bracht de dagen naar eigen goeddunken door.

De secretaris aan wie ik mijn verslag had gegeven, had het vier dagen in een detectiveroman laten zitten. Toen een vriend van hem aan wie hij het boek had uitgeleend het vond, was de secretaris bang dat hij bestraft zou worden omdat hij het niet meteen had ingediend. Maar iedere wijziging, van de cijfers, van de maand, of misschien een door de indiener zelf gecorrigeerde fout, zou opgemerkt worden. Uiteindelijk veranderde de secretaris toch april in mei op mijn papier, dat vervolgens pas dertig dagen later kon worden ingediend, waardoor ik dus een maand kon doen waar ik zelf zin in had zonder door iemand te worden opgemerkt.

Met Menach, die net als ik sergeant was, was het anders gelopen. Mijn neef werd in tegenstelling tot mij als een uitmuntende onderofficier beschouwd. En inderdaad voerde hij de talloze taken van het militaire leven uit met een toewijding, een precisie en een gedrevenheid die ik niet van hem kende. Gevoelige missies, vertrouwensposten, alles waarvoor inzet en initiatief getoond moesten worden, werd hem toevertrouwd. Officiers, kameraden, iedereen riep dat hij 'ervoor gemaakt' was, terwijl ik, die een kamer met hem deelde en die hem had gekend vóór Davda, wist dat er een andere reden was waarom Menach zich overdag uitsloofde met dom werk, namelijk zodat hij 's avonds totaal uitgeput was en geen enkel spook zijn ogen lange tijd open kon houden voordat hij in slaap viel.

Iedere avond kwam hij heel laat terug. Mouh, die naast zijn muziekoefeningen veel tijd overhield, was vrijwillig zijn oppasser geworden. Hij deed zijn was, haalde zijn boodschappen, kwam 's morgens koffie brengen, zijn schoenen poetsen en zijn bed opmaken, en ging 's avonds met hem op stap, soms naar de stad, wanneer ze bevriend waren met de hoofdwachter.

Ik kon niet begrijpen waar ze al die avonden zo eindeloos lang met elkaar over praatten en op een dag ging ik, gedreven door misplaatste nieuwsgierigheid, naar hen op zoek in het kwartier. Op de achterplaats van de kazerne bevond zich een grote hoop zand die door de regen en de legerlaarzen van de tirailleurs overal verspreid werd. En daar lagen ze, samen op hun rug, een arm onder elkaars nek. Ik geloofde mijn ogen niet. Ze hadden me niet gehoord. Een vaag voorgevoel zei me dat ik onopgemerkt moest weggaan. Een slecht verlangen om er meer van te weten hield me op mijn plaats, en ik bleef lang naar hun gesprek luisteren.

Wat ze tegen elkaar zeiden, zal ik niet herhalen. Om geen afbreuk te doen aan de nagedachtenis van mijn jeugdvriend zal ik met geen woord reppen over de idiote uitspraken die hij deed in een moment van verstandsverbijstering. Als aan de grond genageld bleef ik staan, meer versteend van verbazing dan van verontwaardiging. O! Zijn uitspraken waren nog redelijk beheerst, dankzij zijn jaren van scholing en ontwikkeling hechtte Menach tenminste nog enige waarde aan de vorm, maar die façade van beschaving kon niet verhullen wat de aard was van de gevoelens die mijn neef en Mouh voor elkaar hadden. Was het mogelijk dat Menach zo diep was gezonken?

Flarden van herinneringen kwamen in me op. Ik zag weer voor me hoe Mouh danste in een vrouwenjurk en herinnerde me vaag de ingewikkelde intriges tussen Raveh en Ouali, waar ik indertijd nauwelijks acht op had geslagen, en die door Mouh hadden gespeeld.

Na mijn eerste verbazing stond mijn besluit vast. Ik kon Menach niet nog verder laten afglijden. Toen hij diezelfde avond met zware pas binnen kwam lopen, trof hij me zittend op bed aan, terwijl ik de vreemde brief herlas waarin Aazi me zonder te klagen waarschuwde voor wat mijn moeder me misschien zou vertellen.

Menach had dezelfde glanzende, dierlijke blik die hij op een avond op het plein van Tasga had gehad.

'Ben je nog op?'

'Ik wachtte op je.'

'O?'

'Ja, ik was bang dat je iets was overkomen omdat je niet terugkwam.'

'Je wist toch dat ik met Mouh was, zoals iedere avond.'

'Wat hebben jullie elkaar eigenlijk te vertellen?'

Hij deed alsof de brief die ik vasthad hem ineens opviel en zei ontwijkend: 'Is die van Aazi?'

'Ja.'

'Wat schrijft ze?'

'Dat Davda en zij je erg missen. Hé, weet je nog, Taasast en de avonden bij Davda?'

Geen reactie, niets, alsof dat alles voor hem niet meer bestond. Dus kwam ik direct ter zake: 'Je zou wat minder vaak met Mouh op stap moeten gaan. Je bent een onderofficier en hij is minder ontwikkeld en hoogopgeleid dan jij.'

Nijdig haalde hij naar me uit. 'Jij zit vol burgerlijke vooroordelen van de ergste soort! Daar moet je iets aan doen. Mouh is onopgeleid, maar wat een karakter, een geboren kunstenaar!'

Omdat ik deed alsof ik het niet met hem eens was, probeerde Menach me te overtuigen, waarbij hij me alles uit de doeken deed. De genegenheid die hij voor Mouh voelde was vurig maar platonisch. Hij was niet ongevoelig voor de, in zijn eigen woorden, verontrustende charme van de sombere ogen en de mysterieuze glimlach van onze herder, maar wat hij vooral mooi aan hem vond waren zijn opvallende intelligentie en zijn onbetwistbare kunstenaarstalent. Hij was een prachtige kiem, zoals Menach het zei. Mouh op zijn beurt bewonderde mijn neefs elegantie en ontwikkeling, alles waarmee hij tijdens zijn lange opleiding was volgestopt, wat dat dan ook was.

Maar misschien was Menach niet volledig openhartig geweest. De volgende ochtend toen Mouh met de koffie kwam, bracht ik het gesprek op het onderwerp dat me zo bezighield. Hij stak meteen van wal. En inderdaad, er waren dingen waarvan mijn neef me niet op de hoogte had gebracht: de openlijke vijandigheid tussen enerzijds hem en anderzijds Raveh en Ouali, die de handen ineen hadden geslagen omdat Mouh meer gesteld was op de indringer die niet eens uit hun wereld kwam; de opsplitsing van de groep bohemiens in twee kampen: eentje met volgers van Menach en Mouh, een ander met volgers van Raveh en Ouali; en ten slotte iets waar Menach zelf waarschijnlijk nog niets van wist: het huwelijk van Mouh, een paar dagen voor zijn mobilisatie.

Onze herder leek zich te willen verontschuldigen, als had hij een fout gemaakt: zijn moeder had hem ertoe gedwongen, ze had geklaagd dat ze niemand had, op haar leeftijd, die haar kon helpen in huis en op het land; hij hield niet van zijn vrouw, die hij nooit eerder had ontmoet; bij de eerste de beste gelegenheid die hij had, zou hij haar verstoten.

'Menach weet het niet,' zei hij half bedremmeld, half smekend om mij duidelijk te maken dat hij het niet per se hoefde te weten.

'Dan zal hij het ook niet weten,' zei ik tegen hem, en een voorzichtig glimlachje verscheen om zijn scheve mond.

Meer om mezelf een houding te geven dan uit daadwerkelijke behoefte haalde ik mijn sigaretten tevoorschijn en bood Mouh er een aan, maar hij weigerde. Ik wist dat hij heel bescheiden was, zelfs wanneer in de groep bohemiens de gebruikelijke kifpijp rondging weigerde hij steevast.

Starend naar de rookkringels dacht ik aan Mouh. Hoe hij bij de kazerne was aan komen zetten in dezelfde bruine boernoes die hij thuis altijd droeg. Zijn korte haar liet hij nu groeien. Dezelfde witte wollen *chechia* bedekte scheef zijn voorhoofd, en onder zijn geprononceerde wenkbrauwen nog altijd die vochtige blik. Ook zijn stem en gebaren waren onveranderd gebleven en hij boog op identieke wijze met zijn lange nek zijn hoofd naar voren wanneer hij sprak.

Hij haalde me uit mijn mijmeringen. 'Waaraan denk je?'

'Aan jou.'

Met een ernstige blik keek hij me aan, zo indringend dat ik er ongemakkelijk van werd.

'Ga je met verlof voor de *Mouloud*?' vroeg ik hem, om niet te hoeven reageren op de stille vraag die ik in zijn ogen las.

'Daar wilde ik het net met je over hebben. Wil je dit papier misschien voor me invullen?'

Ik was blij dat ik het gesprek een andere wending had gegeven en vulde het verkreukelde witte papier in dat Mouh uit zijn zak had gehaald. Hij vroeg me de plaats van bestemming open te laten.

'Ga je niet naar je vrouw in Bouaddou?' waagde ik.

'Misschien,' antwoordde hij kortweg.

De avond voor Mouhs vertrek kwam Menach pas om vier uur 's nachts terug. Ik raadde hem aan naar Tasga te gaan, hopend dat de ontmoeting met de spoken uit zijn verleden en vooral met Davda het schokeffect zou hebben waarmee hij uit de greep van onze herder en diens groep zou komen, maar hij wilde niet, misschien omdat hij de lafhartigheid van zijn nieuwe leven prettiger vond dan de kwellingen van zijn vroegere bestaan. Vrezend dat hij niet voor rede vatbaar zou zijn, bracht ik het onderwerp dat ik als uiterst redmiddel achter de hand had gehouden ter sprake: 'Misschien heb je gelijk. Wie zou je gaan bezoeken? Mouh gaat zeker naar zijn vrouw toe?'

Eerst geloofde hij me niet. Ik vertelde hem mijn hele gesprek met de herder na. Vonken van haat en verbazing lichtten op in zijn ogen: 'Waarom hebben jullie niks tegen me gezegd?'

Toen Mouh terugkwam van verlof, met warrig haar, een baard en zijn tanden ontbloot alsof hij al dagen niet had gegeten, negeerde Menach hem. Onze herder zag er afgepeigerd uit. De situatie met zijn moeder en zijn kersverse echtgenote was waarschijnlijk niet ideaal.

Mouh sprak echter nooit over zijn vrouw of zijn huis. En ook nooit over Tasga. Hij leek helemaal in beslag genomen door het soldatenleven. De enige dingen die voor hem nog bestonden waren de trommelaars en hoornblazers, zijn klaroen, de rats en de exercities. Wanneer de vermoeide tirailleurs 's avonds eindelijk een moment vonden om samen te zijn met gelijkgestemde mensen en te praten over hun verleden, zonderde Mouh zich af of ging hij zwijgend bij een willekeurige groep zitten, alsof hij voordien nooit een leven had gehad, alsof hij een man zonder verleden was. Zijn kameraden sloegen na verloop van tijd geen acht meer op hem. Ze wisten niets van hem en probeerden er ook niet meer achter te komen.

Toen hij op een dag in zijn eentje ergens stond, ver van de anderen, met zijn ellebogen op een muurtje leunend, ging ik naar hem toe. Meteen ging hij perfect in de houding staan.

'Zonder grappen,' zei ik, 'kom je geen koffie meer brengen, Mouh?'

'Waarom vraagt hij het me niet?'

'Dat durft hij niet. En hij is veranderd sinds je verlof.'

'Je hebt het hem verteld, hè?'

'Ja, ik heb het hem verteld, maar wat maakt het uit dat hij het weet?'

Mouh kromp ineen. Hij liet zijn armen zakken. Zijn gezicht straalde zo'n pijn uit dat ik in de hoop fijne herinneringen voor hem op te roepen vroeg: 'Wat heb je voor nieuws uit Bouaddou?'

'Ik ben er niet geweest.'

'Waar heb je dan je verlof doorgebracht?'

'In Tasga.'

Een overweldigende en verwarrende vreugde maakte zich van me meester, alsof ik er zelf was geweest.

'Aazi heeft me deze brief voor jou gegeven. Ze wilde hem niet per post sturen, uit angst dat ze hem in Tasga zouden openmaken.'

Ik wilde Mouh niet verwijten dat hij me nu pas de brief gaf, die ik in mijn zak stak zodat ik hem later kon lezen, wanneer ik alleen was. Onze herder streek over de lange glanzende haren in zijn nek en klemde zijn kaken op elkaar.

'Hoe gaat het met ze?'

'Met wie? Er is niemand meer. Ouali en Raveh zijn gemobiliseerd, Mouloud is in Oranie, Ouamer brengt al zijn tijd op zijn akkers door. De rest kent me niet meer. Ze hebben me laten sterven van de honger. De eerste avond heb ik couscous kunnen delen met iemand uit mijn streek, maar ik wilde niet voor iedere maaltijd naar hem toe gaan. De laatste twee dagen heb ik het moeten doen met wat droog brood.'

'Je had naar mijn vader moeten gaan.'

'Ik ken je vader niet. De mensen voor wie ik nachten achtereen tot aan het ochtendgloren muziek heb gemaakt zijn degenen die ik ken.'

Mouhs ogen werden steeds vochtiger.

'Waarom heb je je vrouw niet opgezocht?'

'Een maand na ons huwelijk is ze naar haar ooms van moederskant gegaan. Ze wacht nog steeds tot ik haar kom halen.'

'En je akkers?'

'Jou kan ik alles wel vertellen. Ik heb geen een ochtend het land bewerkt, geen boom geplant en geen maat gezaaid. Ik heb zelfs niets gezegd tegen de geitenhoeders die hun beesten het laatste jonge groen lieten komen grazen. Van mij mogen zij die een gelukkige oude dag voorbereiden alle rijkdom hebben: het geluk zal hen tegelijk met de aftakeling bereiken, zodat ze rijk, ernstig en triest kunnen sterven. Wat ik wil, is goed gebruikmaken van mijn jonge jaren, die een geschenk van God zijn, wat het verspillen ervan heiligschennis maakt.'

Ik merkte dat de lessen van Menach op zeer vruchtbare bodem terecht waren gekomen.

'Ik hield niet van mijn vrouw. Dat voelde ze aan en daarom is ze vertrokken, met de gedachte dat haar afwezigheid me naar haar zou doen verlangen. Ik hield niet van mijn akkers en daarom zijn het mijn vaders vrienden die de paar eikels rapen die nog vallen en die het beetje hooi maaien dat nog groeit.'

De korte, heldere tonen van het appèl klonken harder dan de stem van Mouh, die niets meer zei, ook niet toen de klaroen eenmaal zweeg. Roerloos bleef hij staan en hij leek geen haast te hebben om aan het appèl te beantwoorden.

'Kom op,' zei ik, 'anders registreren ze je nog als absent.'

'Ja, en?' antwoordde hij schouderophalend.

Aan het regelmatige en nauwkeurige schrift zag ik dat Aazi de brief zelf geschreven had. Het was heel onduidelijk waar hij over ging en pas lang nadat ik hem stukje bij beetje gelezen had, begreep ik wat mijn vrouw probeerde te zeggen, want niet alleen had Aazi maar een matige kennis van het Frans, ze had ook duidelijk haar best gedaan dingen te laten doorschemeren in plaats van ze ronduit te benoemen.

Na meerdere lezingen en nadat ik aan de hand van mijn herinneringen de lacunes in de brief had aangevuld, was dit wat ik begreep: mijn moeder kon het niet langer goed vinden met Aazi en mijn vrouw schreef dat ze de reden voor de onenigheid niet kon geven, omdat ze die zelf niet kent. Dat viel te bezien! Verder meldde ze dat ze als mijn vader er niet was geweest waarschijnlijk al het huis uit zou zijn gestuurd en dat mijn moeder sowieso, sinds ze had gehoord dat wij binnenkort naar huis mochten nu de wapenstilstand was getekend, alleen maar op dat moment wachtte zodat ik haar zelf kon wegsturen.

'Maar', schreef Aazi ten slotte, 'zelfs als je alleen maar terugkomt naar Tasga, zal ik tevreden zijn. Iedere avond voor ik ga slapen, zeg ik tegen God: Laat Melha haar zoon behouden, zodat ze gelukkig is in haar hart. De hele tijd vraagt ze me: "Waarom heb je geen kind?" Maar ik ben God niet, en als ik toch wegga, kun jij beter geen kind hebben.'

Ik had er spijt van dat ik niet voor de Mouloud naar Tasga was gegaan. Dan had ik zelf poolshoogte kunnen nemen en misschien het misverstand kunnen oplossen, terwijl ik op basis van Aazi's onduidelijke proza enkel vage gissingen kon doen. Voor het eerst probeerde ik erachter te komen wanneer we gedemobiliseerd zouden worden.

Een brief van Idir, die toen in Blida zat, een woeste brief vol desillusie, verschafte me de volgende dag duidelijkheid. Mijn vriend, te onafhankelijk om zich aan de tucht te onderwerpen, was diep teleurgesteld in het leger. Hij had zich aangemeld uit zucht naar avontuur en hij was in Algerije gebleven. Hij had er alles aan gedaan om vliegenier te worden, maar hij mocht alleen bij het voetvolk. Tegen zijn wil in was hij aspirant-officier, want hij wilde niet bij hen horen die hij neerbuigend 'de vechtjassen' noemde. Hij had alleen de hopeloze alledaagse kant gezien van het leger. Verveeld en vol afkeer hoopte hij nu nog maar op één ding: afzwaaien. 'Er is niet veel voor nodig of ik ga alle muren van de kazerne bekladden met enorme opschriften: "Verlof, snel!" Het schijnt trouwens dat we in oktober aan de beurt zijn.'

Hij had gelijk. Rond half oktober verlieten Menach en

ik na allerlei rompslomp de kazerne, uitgedost in hilarische tenues. Mouh zou later volgen.

Het was ons voornemen om na onze demobilisatie een jaar lang niets te doen. We hadden dan misschien niet de revolutie gekregen waarvoor we vertrokken waren, de werkervaring van een jaar had ons wel geleerd om niet in de deugd van diploma's te geloven. Menach en ik zouden onze studie dus niet hervatten. En Meddour, die tegelijk met Idir uit Blida kwam, vertelde ons dat hij niet terug wilde naar de school waar hij lesgaf. Vanaf nu hadden we heel concrete en weinig omvattende doelen: 's morgens zolang als we wilden in bed blijven liggen, zonder de verschrikking van het felle klaroengeschal dat ons bruut wekte, slapen wanneer onze ogen uit zichzelf dichtvielen, eten wanneer we trek hadden, met geheven hoofd en hoge borst rondlopen, de handen in de zakken als we daar zin in hadden, niet meer vlak langs de muur lopen uit angst een officier tegen te komen die binnen de kortste keren door zou hebben dat we onze post hadden verlaten. Meerdere malen hadden we herhaald: 'We gaan niets doen, we gaan nergens aan denken. We gaan slapen.'

Maar we hadden geen rekening gehouden met het leven. Alsof dat tot een halt zou komen voor zoiets onbenulligs! Alsof degenen van wie we hielden en degenen die ons haatten, de nieuwsgierigen, ons onze gang zouden laten gaan omdat we een jaar lang als bladeren in de wind heen en weer gezwiept waren!

Binnen een maand had Menach weer volle wangen en had hij zijn nachtelijke wandelingen over de weg hervat. Omdat Mouh er nog niet was vertrok hij in zijn eentje, om pas bij het ochtendgloren terug te keren. Idir was zwijgzaam geworden. Hij was soms een paar dagen weg om te jagen en kwam bij het vallen van de avond, wanneer Menach zich juist klaarmaakte voor vertrek, weer thuis, vies, ongeschoren, grauw en met een blik alsof hij boos was op iedereen. Dan gaf hij Benito, die erg gehecht was geraakt aan mijn neef, aan Menach, zei snel 'hallo', at in zijn eentje in de grote kamer, duwde het bord met zijn voet weg wanneer hij klaar was en ging uiteindelijk opgerold in zijn bruine kamelenharen boernoes in een hoek van het vertrek liggen slapen. Zijn slaap was altijd onrustig: als hij geen denkbeeldig peloton aanvoerde tijdens een bestorming, dan stuurde hij wel Benito achter een wild dier aan, dat hij nooit te pakken leek te krijgen. Je kon in mijn kamer zijn stem horen, die door de slaap rauwer klonk. Wanneer hij te hard schreeuwde kregen de onbegrijpelijke woorden die uit zijn keel kwamen iets angstaanjagends, waardoor Aazi haar vingers in haar oren stopte en zonder iets te zeggen tegen me aan kroop. Maar het mooiste was het wanneer Benito, die was teruggekomen met Menach en op de slaperige stem van zijn baasje afkwam, tegen de gesloten deur begon te krabben en soms zo hard blafte dat Idir er wakker van werd.

Op een avond, toen ik na een jachtpartij met Menach in een diepe slaap was gevallen, werd ik echter niet gewekt door de stem van Idir die met zijn dromen worstelde, maar door een gil, gevolgd door de stem van mijn moeder. Ze bonkte heel hard op de deur. Met een schok werd ik wakker. Een onbedwingbare angst maakte zich van me meester toen ik zag dat Aazi's plek naast me leeg was.

'Mokrane, wakker worden!'

Snel liep ik naar de deur.

Mijn moeder hield Aazi, die met haar hoofd gebogen stond als een berispt kind, bij haar bovenarm vast en duwde haar hardhandig naar binnen. Gelukkig stond het bed daar. Aazi viel er log op neer en barstte in snikken uit terwijl al haar ledematen begonnen te beven.

De stroom woorden die uit de mond van mijn woedende moeder kwam was moeilijk te volgen: 'Ze stond alleen in het trappenhuis... Alleen... Op dit tijdstip... Terwijl jij sliep, Mokrane, jij sliep... Een serpent is het, een onheilsbode. Door haar was je bijna omgekomen in de oorlog. Ze moet weg, ja, weg, morgen, of anders ga ik. De vrouw van mijn zoon...'

Ze liep van de drempel naar het bed, sloeg met beide handen tegen haar gezicht als een wanhopende vrouw, wees naar de berg om de heiligen als getuigen aan te roepen, en herhaalde wanneer ze niet meer wist wat te zeggen: 'Ah... Ah...'

Uiteindelijk wekte al dat kabaal ook mijn vader, die naar ons toe kwam met een grote kleilamp. Rustig kwam hij bij ons staan, in stilte luisterend naar de woorden die mijn moeders keel verstopten. Toen ze klaar was, zei mijn vader simpelweg: 'Ga terug naar onze kamer.'

Waarna de rust weerkeerde.

Aazi lag nog stilletjes te snikken, languit op bed. Ik hielp haar overeind. Haar gezicht zag bleek, haar ogen waren rood van de tranen; haar tanden klapperden met snelle en onregelmatige schokjes.

'Wat is er gebeurd?'

Het duurde heel lang voor ze weer op adem was gekomen.

'Nadat jij was gaan slapen, bleef Idir maar schreeuwen, harder dan de afgelopen dagen. Ik probeerde je wakker te schudden, maar je was uitgeput van je dag jagen. Ik wilde verder slapen. Idir begon zo hard te huilen dat het klonk alsof er echt iets met hem aan de hand was. Dus ben ik naar beneden gegaan om je moeder te wekken, zodat ze bij hem kon gaan kijken. Heel lang heb ik aan haar deur geklopt, maar niemand antwoordde. Even was Idir stil, waarna hij nog harder begon te huilen. Ik liep naar boven om jou wakker te maken toen ik ineens iemand achter de deur van onze kamer vandaan zag komen. Ik gaf een gil. Het was je moeder. Ik dacht dat ik flauw ging vallen. Ze pakte me bij mijn armen, schudde me door elkaar, haalde naar me uit met haar nagels alsof ze me wilde krabben en liet me haar tanden zien alsof ze me wilde bijten, totdat jij kwam. Wil je alsjeblieft het raam opendoen?'

Terugdenkend aan het voorval begon Aazi weer stuipachtig te trillen en ze sloeg haar handen om mijn hals om zich angstig tegen me aan te drukken, alsof ze mijn moeders nagels en tanden die zich in haar huid wilden boren nog voor zich zag.

Het kostte me veel moeite om haar te kalmeren. Ik hield haar vast en wiegde haar zoals je met een klein kind doet, tot ik langzaam haar oogleden zag neervallen; maar zelf deed ik de hele nacht geen oog meer dicht.

Door de bakstenen tussenwand hoorde ik het gesprek dat mijn vader en moeder voerden tot de sjiech hen riep voor het ochtendgebed. Eerlijk gezegd hoorde ik vooral de diepe stem van mijn vader die een monoloog hield. Hij baseerde zich op beroemde voorbeelden om duidelijk te maken dat het niet eerbiedig was om de ondoorgrondelijke plannen van God te willen veranderen, die overigens almachtig was.

Maar alsof ze niets hoorde of begreep, bleef mijn moeder hetzelfde koppige, onberedeneerde en voor haar waarschijnlijk onweerlegbare argument herhalen: 'Ze heeft geen kind. Wat hebben we aan een vrouw die geen kinderen krijgt, wij die maar één zoon hebben?'

Af en toe was mijn vaders stem niet meer hoorbaar door het gekerm van Idir, dat in de duisternis akelig hard klonk. Benito blafte terwijl hij tegen de deur krabde en naast mij lag Aazi, die nu sliep, ook te huilen in haar dromen. Ze wil een kind, mijn moeder, een kind, maar ik ben God niet, die dat voor elkaar kan krijgen, ik ben God niet, dacht ik.

Met pijnlijke spieren stond ik op na een nacht vol overpeinzingen. Ik wist dat mijn vaders discours geen enkel effect zou hebben op de gematigd vurige geest van mijn moeder, die maar naar één man luisterde in Tasga: de sjiech, omdat die net als zij behoorde tot de geloofsgemeenschap van de grote heilige Abderrahman.

Ik moest lang naar de sjiech zoeken, tot ik hem aantrof in de donkerste hoek van de moskee, alleen, zijn bidsnoer in zijn handen draaiend. Sinds mijn terugkomst vond ik dat hij was veranderd. Het leek alsof hij ons allemaal meed als de pest en hij zat de hele dag door met zijn bidsnoer in een hoek van de moskee of in de schaduw van de grote iep op het Pelgrimsplein.

Mijn groet beantwoordde hij nauwelijks en zonder op te houden de amberkralen tussen zijn vingers te laten glijden. Gedurende het hele verhaal dat ik hem vertelde bleef hij naar beneden kijken en prevelde hij gebeden. Luisterde hij naar me? Toen ik klaar was, zei hij niks. Ik wachtte lang, eindeloos lang, tot de sjiech, me aankijkend met zijn glanzend donkere ogen, rustig zei: 'Ben je klaar?'

'Ja,' antwoordde ik.

'Ik leef met je mee, ik leef met Tamazouzt mee, je vrouw, maar ik ga niets tegen je moeder zeggen.'

Hij wijdde lang uit om me te vertellen waarom niet. Langzaamaan zag ik hem zijn kalmte verliezen terwijl dat hem normaal nooit overkwam en ineens begon hij te razen: 'Vervloekt! Deze hele eeuw is vervloekt en jullie zijn slechts twee schapen in de kudde. Vervloekt omdat jullie van het juiste pad af zijn geraakt. We hebben nu al twee jaar geen Timechret gevierd in Tasga – en jullie vragen je af waarom er oorlog is. Jij bent gaan vechten voor Ongelovigen tegen Ongelovigen, zonder een beetje aarde mee te nemen van het graf van Abderrahman. Hoe kan een vrouw, in een eeuw waarin mannen zelf de kluts kwijt zijn en jullie duidelijk in de greep van de krankzinnigheid zijn, nog het juiste doen? Ik zal dus niets tegen je moeder zeggen. Maar dit is wat jij gaat doen, leerling van de Iroumen, jij gaat met Tamazouzt naar het graf van Aberrahman bij At Smaïl en daar zul je met je trots en de pijn van je vrouw buigen om de oneindige vergiffenis af te smeken van Hem tot wie we nooit tevergeefs bidden.'

Somber en gerustgesteld tegelijk verliet ik de moskee. Wat had het hart van de wijze man zo diep verbitterd? Natuurlijk hadden we dit jaar en vorig jaar geen offer gebracht voor Timechret, maar die beslissing kon worden teruggedraaid. En was de oorlog, de oorlog die ons was overkomen zonder dat we er iets van hadden begrepen, niet juist een goed excuus voor onze nalatigheid?

Vanwege de oorlog en de Duitse bezetting waren bijna alle jongeren naar Tasga teruggekeerd. Het was nog nooit zo druk en rumoerig geweest op straat. Er liep van alles rond: mensen die uit Frankrijk waren teruggekomen en die nog een baret en een lange broek droegen, wat hun werd toegestaan omdat er nog maar weinig stof te vinden was en de prijzen te hoog waren om de dracht van onze voorouders na te maken; mensen die terugkwamen uit Arabische landen en die een tulband en een wijde broek droegen; hier en daar werden zelfs een paar Marokkaanse djellaba's gezien. Al die uitdossingen weerspiegelden een mengelmoes van ideeën. In een wereld waarin het grillige lot der wapenen alles op losse schroeven zette en die door een universele schok ondersteboven was gekeerd, zocht iedereen het pad naar een nieuwe verlossing: sommigen hadden een vage herinnering aan de oude grandeur van de islam en droomden ervan om daar met nieuwe middelen naar terug te keren, anderen hadden met Franse arbeiders in fabrieken gewerkt en dachten aan een grensover-schrijdende vereniging van alle proletariërs in de wereld; sommigen dachten nergens aan en weer anderen verzamelden geld.

Daar was Akli er een van. Hij was meteen begonnen met de verkoop, tegen zeer hoge prijzen, van gecontingenteerd en schaars graan. Een hele ploeg ezeldrijvers regelde het vervoer vanuit Sidi-Aïssa tot in de bergen. Ze reisden 's nachts. In de bergen vermeden ze de Kouil-al-pas, waar ze werden opgewacht door gendarmes die steevast kilo's suiker stalen van arme herders, en namen ze omwegen waardoor hun beladen muildieren ieder moment het ravijn in dreigden te tuimelen.

Groepen bedelaars gingen in die tijd van deur tot deur in hun lompen, met hun uitstekende botten en jammerende stemmen. Voor het huis van Davda stond een hele stoet, want Akli's vrouw stuurde nooit iemand weg. Tot in de wijde omtrek was dat bekend onder de bedelaars; ze legden kilometers af om haar te bezoeken. Buiten Tasga lieten ze hun boernoes of gandoura achter in een kuil, zodat ze er nog berooider uitzagen, en voor haar deur zetten ze hun zieligste stem op, waarna Davda gaf.

Maar wat kon ze beginnen tegen die wijdverbreide misère? Er sleepten zich zoveel hologige bedelaars met bebloede of eeltige voeten voort over de wegen dat je je kon afvragen of de hand van God in staat zou zijn ze allemaal te kleden en hun honger te stillen. Het Arabische land is vruchtbaar: waar was al het graan gebleven? Er zijn talloze grote Franse fabrieken: wat was er met al het textiel gebeurd? De zeldzame venters die nog naar de Arabieren gingen, vertelden dat meerdere vrouwen daar vaak samen één jurk deelden. Wanneer een van hen op stap ging, wachtten de anderen tot ze weer terug was om op hun beurt de gandoura aan te trekken. Dokter Nicosia had in de buik van een jongen die dood langs de weg was gevonden een grote hoeveelheid onverteerd gras aangetroffen. Op afgelegen wegen kwamen overal mannen tevoorschijn die je, met een geweer in de hand, beleefd vroegen om de gerst voor je kinderen met hen te delen omdat hun kinderen ondertussen niets te eten hadden. Was dat nou de oorlog? Niemand begreep er iets van en aan het eind van iedere lange discussie waarin tevergeefs naar de oorzaak van dit alles werd gezocht gaf men de schuld aan de partijdige en wanordelijke regering die het toeliet dat mensen als Akli hun fortuin verdrievoudigden terwijl de mensen naast hem omkwamen van de honger. De graanhandelaar had een Plymouth gekocht die hij goed had afgedekt zodat hij niet gevorderd zou worden. En ondertussen stond hij iedere avond op het plein breeduit te jeremiëren over wat een moeilijke tijden het waren.

Meddour was weer naar zijn school en praatte nog maar zelden en met weinig enthousiasme op ons in. Tegenwoordig ging hij zonder stropdas naar buiten, maar in de zomer met een strooien hoed en in de winter een witte wollen chechia op zijn hoofd, net als iedereen.

Na een huwelijk van twee jaar had Sekoura twee kinderen, het leek haar niet te erg te hebben vermoeid; Kou had nog altijd haar open lach en volle wangen. Ibrahim, haar man, had zijn winkeltje in Nédroma moeten sluiten en was naar Tasga gekomen om te leven van het geld dat hij had verdiend.

Bij iedereen heerste dezelfde ontreddering. De oorlog had geen van de grote veranderingen gebracht waarnaar we hadden uitgekeken. Nog maar zelden werd er een dorpsvergadering gehouden en de sfeer was altijd verdrietig en ongemakkelijk. Want niet alle jongemannen waren teruggekomen. Azouaou en Ahcène, die waren gesneuveld bij het kanaal van Ailette, waar hun regiment had gevochten, waren daar begraven, tenzij hun her en der verspreidde botten ergens in een bos lagen te vergaan; anderen zaten als gevangenen in Duitsland of Polen of nog ergens anders, wie weet? Zouden ze ooit terugkomen? Hun schimmen hingen in de lucht die werd ingeademd door de oudjes die waren samengekomen om te beslissen over dorpszaken. Hun nagedachtenis was bijna benauwend: ze waren jong en sterk geweest, wat hadden ze gedaan om ineens niet meer bij de vergadering van de mannen te kunnen zijn, en waarom zij en niet iemand anders?

Wanneer de sjiech ter afsluiting van iedere vergadering het gebed voor God reciteerde, viel hij aan het eind altijd even stil en ging hij midden in de zittende vergadering rechtop staan, met zijn wijsvinger in de lucht gestoken. Vanuit de hoogte keek hij over de gebogen hoofden heen. Hardop reciteerde hij dan een gebed speciaal voor de *ilghoïav*, de afwezigen. En aan het eind riep hij: '*Inith akou amin...* Zeg allemaal amen.'

Een siddering ging door de vergadering en diepe en zware stemmen zeiden gelijktijdig: 'Amen.'

Hoewel iedereen uit de groep van Ouali was teruggekeerd, hielden ze geen sehja's meer. Mouh was bij de Bouaddou. Van herders uit zijn streek vernamen we dat hij samenwoonde met zijn oude moeder en zijn vrouw, die was teruggekomen na haar verblijf bij haar familie. Hij werkte nu op zijn land en de fluit, het dansen en zijn vrienden in Tasga behoorden tot een ver en onbetekenend verleden.

Ondanks de grote chaos waarin alle dingen verkeerden, de grote onzekerheid die onder de mensen heerste, moest er toch geleefd worden en toen het tijd was voor de olijfoogst, waarvoor het seizoen was aangebroken, legde iedereen uit Tasga zich weer toe op de eeuwenoude verrichtingen die de voorvaderen sinds jaar en dag al hadden uitgevoerd. De takken bezweken bijna onder het gewicht van de gele, paarse of soms al zwarte olijven.

Opgelucht ging iedereen aan de slag. Als je aan het werk bent kun je niet eindeloos piekeren over je ellende, vergeet je de zinloos gesneuvelde Azouaou en Ahcène, zie je niet langer in andermans ogen de diepe vermoeidheid die je in je eigen ogen voelt, probeer je niet te bedenken dat de oorlog die je achter je hebt gelaten voor anderen nog doorgaat, dat er op andere heuvels nog andere mensen sterven zoals Azouaou en Ahcène zijn gestorven, misschien wel net zo zinloos.

Vier maanden lang komen we iedere avond doodmoe van een gezonde inspanning thuis. Bijna alle olijfgaarden liggen bij ons ver van het dorp, aan de andere kant van de vallei. Iedere dag moeten we twee keer de rivier oversteken: één keer 's morgens op de heenweg, en één keer 's avonds op de terugweg. De stroming is heel sterk, zeker tegen het eind van de winter, en ieder jaar wordt een jonge herder of een oudje dat te zwak is door de rivier 'opgegeten', zoals wij zeggen; maar we kennen allemaal de min of meer veiligste manier om over te steken: schuin door de stroming gaan, zo nodig meebewegen, met je voeten over de grond schuiven zonder ze ooit op te tillen en de keien vermijden die ineens door het water kunnen worden meegesleurd. Verder steken we als de rivier hoog staat nooit zonder hulp over, zelfs niet bij Awsaf, waar hij het best doorwaadbaar is.

Het was het makkelijkst geweest als er een brug was gebouwd, en dat was precies wat Akli tijdens de laatste vergadering opperde, de voorloper op het gebied van moderne ontwikkelingen. Ouali en de anderen uit de groep zaten tijdens de hele toespraak van de graanhandelaar spottend te lachen. Zij steken dan ook altijd met gemak over, ongeacht de weersomstandigheden. Maar ook de sjiech was tegen het voorstel van Akli gekant.

'Als God op je voorhoofd heeft geschreven dat je moet sterven in de rivier, dan zul je er sterven en dan zal geen brug ter wereld je kunnen redden... Laten we bidden in jouw naam, Profeet van God.'

Dat was zijn vaste formule om een gedragen toespraak te introduceren. De vergadering antwoordde met de gebruikelijke woorden: 'In jouw naam, Profeet! Mogen het gebed en heil je toekomen.'

'In de tijd van onze vorouders woonde er aan de andere kant van het water een meisje dat verloofd was met een jongen van hier. Toen het winter werd, wilde de jongen trouwen. Hoewel iedereen hem zei dat je geen trouwfeest kan houden in de winter, luisterde hij niet. Dus werd de bruid gehaald. Op de terugweg zagen de feestgangers dat de rivier rood en gezwollen was. Het was verstandiger geweest als ze rechtsomkeert hadden gemaakt, maar het lot riep hen. De eerste mensen staken over. Toen het de beurt was van de bruid, opgetooid, gesluierd en gehuld in jurken en sieraden, werd de opgetuigde muilezel waarop ze zat door het water meegesleurd. Iedereen sprong meteen in de rivier, maar de stroming was heel sterk. Een stukje stroomafwaarts hield een rots het water tegen, waardoor er een poel was ontstaan. Toen de bruid daar eenmaal was, werd ze door een draaikolk meegezogen; ze verdween onder water en sinds die dag noemen we die plek "de bruidspoel", *tamda nteslit*.'

Ik keek naar Menach, die met zijn bruine ogen afwezig naar de sjiech staarde en duidelijk niet meer luisterde omdat hij stroomafwaarts de gekleurde, fijne sluiers volgde van de vrouw die door de rivier werd opgegeten.

Er was geen sprake meer van dat Menach en ik onze studie zouden hervatten in het bezette Frankrijk. Omdat iedere nieuwe dag onzeker was en omdat we, incapabel als we waren, niets anders konden doen, moesten we wel in Tasga blijven en deelnemen aan de olijfoogst, een andere optie hadden we niet.

Iedere ochtend voor de dageraad, nog voordat de

sjiech vanuit de hooggelegen moskee had opgeroepen tot het ochtendgebed, daalden de mensen en dieren in bonte, rumoerige groepen af naar de rivier, over de kronkelende en steile weg vol kiezels. De vrouwen hadden zich uitgedost alsof ze naar een feest gingen en het metaalachtige gerinkel van hun zilveren sieraden weerklonk tussen de groepen. De mannen droegen hun werkkleding nog en de meesten hadden een geweer bij zich. Het doffe getik van de versleten hoefijzers van de ezels en muildieren klonk tegen de kiezels op de weg. Alsof ze een rite gingen uitvoeren daalden de gewapende mannen, de getooide vrouwen en de beladen dieren in een lange stoet af naar de rivier, terwijl de aanbrekende dag gestaag de duisternis verjoeg in de kou van de winterochtend. De lucht was gevuld met de geur van kruit en ezelpoep en van de anjers waarmee de vrouwen hun halssnoeren hadden versierd.

Eenmaal aan de oever van de rivier wachtten de voorste groepen op de achterste, want we moesten met zijn allen oversteken en één worden met het zuiverende, soms verraderlijke water. Omdat er twee wedden waren, deelden we ons op naargelang de plek van onze huizen, waarbij iedereen het wed nam dat het dichtst bij zijn huis lag, en daarna hielpen de mannen en de jongeren de vrouwen, kinderen en dieren oversteken. Sommigen waren er beter in dan anderen: de grote Ouali en vroeger ook Mouh leken wel oversteekdiploma's te hebben. Degenen die terugkwamen omdat ze zich er niet aan durfden te wagen wanneer de rivier te hoog stond werden met enige minachting bekeken. Beginnelingen die wilden ontsnappen aan die schande zijn geregeld door de stroming meegesleurd en de rivier 'eet' vaak jonge herders. Dan loopt iedereen uit het dorp stroomafwaarts langs de rivier om te kijken waar die haar zoenoffer heeft uitgespuugd. Vaak komen een paar dagen later de leden van de stam verderop in het dal melden dat er bij hen een lichaam is aangespoeld op een zandoever. De jongeren gaan hem halen met een raster van riet, terwijl de oudjes voorop het lied zingen voor wie ver van zijn dorp is gestorven, en de volgende winter wordt het ritueel telkens weer herhaald door dezelfde mannen.

Dit jaar heeft Akli het op zich genomen om alles aan te schaffen wat we nodig hebben voor het grote rituele feest ter afsluiting van de oogst. Ik moet toegeven dat hij dat fantastisch heeft gedaan, want hij heeft twee schapen geslacht en er was zoveel couscous dat de korreltjes uiteindelijk overal op de uitgestrekte binnenplaats van zijn oliemolen lagen. Bovendien waren alle paupers, die god weet hoe op de hoogte waren, toegestroomd.

Davda had zichzelf overtroffen. Haar hoofd werd bedekt door haar zwarte Marokkaanse doek; de lange rode franjes dansten voor haar gezicht, gleden over haar huid alsof ze haar streelden, vielen golvend over haar schouders. Overal staken er lokken uit in doordachte wanorde en haar haren waren zo fijn dat ze alleen dankzij hun kastanjebruine kleur te onderscheiden waren van de franjes van de doek. De doorschijnende stof van haar eenvoudige jurk, zonder mouwen en met witte bloemen, gaf de felgekleurde kaftan eronder steeds een andere, wonderbaarlijk fluweelachtige glans. Onder de ceintuur die ze expres heel hoog droeg was vaagjes de welving van haar taille te zien. Onder haar massieve, zwaar geparfumeerde halssnoer was de blote lijn van haar hals zichtbaar.

Onze groep was rommelig en kleurrijk. We hadden mensen moeten inhuren om de dieren te beladen met alle potten, pannen, kommen, kannen, schalen, stokken, wollen dekens en tamboerijnen die later gebruikt zouden worden bij het feest van de vrouwen.

Kou was bij ons. Ze had haar kinderen op een ezel laten klimmen die werd gemend door onze jongste herder. Ibrahim hield zijn Hammerless onder zijn wijde witte boernoes verborgen. Aazi droeg haar gewone jurk. Idir was alvast vooruitgegaan terwijl aan de donkerblauwe hemel nog wat late sterren fonkelden.

We maakten een enorm kabaal tijdens de afdaling met het geschreeuw van de mannen, de lachbuien van Kou, het gehuil van de kinderen, de schetterende bevelen van Akli en het gefluit van Menach die de voortdurend blaffende Benito bij zich riep. De bedelaars vormden achter onze optocht een lange sleep van knokige en gebroken lichamen in donkere en verstelde lompen, en met dikke gebogen stokken die naast hun blote voeten de grond raakten. De meisjes raakten soms voorzichtig en met grote ogen de zijdezachte jurk van Davda aan. Eentje, helemaal betoverd door de geuren en kleuren van die vrouw die bijna te mooi was om waar te zijn, gaf haar uiteindelijk spontaan een kus op haar hand. Een oud vrouwtje dat achter ons aan liep sprak steeds met een gebroken en beverig stemmetje wensen voor haar uit waarin als een refrein terugkwam: 'Moge God je wieg vullen', want sinds ze water kwam halen bij Davda alsof ze er thuis was, had ze ontdekt welk geheim verdriet aan Akli's vrouw vrat: Davda had net als Aazi geen kinderen.

Toen we bij de rivier waren, wachtten we met oversteken tot iedereen er was.

'Waarom steken we eigenlijk niet meteen over? We hebben mannen bij ons die minstens zo sterk zijn als de anderen,' zei Davda, zich omdraaiend naar Kou.

'We kunnen net zo goed op de anderen wachten. Dat doen zij ook voor ons.'

Kou maakte zich zorgen om haar kinderen.

'Ah! Ik begrijp het al! Je bent ongerust over je man. Nou, ik ga nú oversteken met Menach, want die durft wel!'

Menach keek haar strak aan, doodsbleek, en zei niets.

'Misschien kunnen we beter wachten,' zei Akli, 'we hebben te veel dieren en het werk is toch al gedaan, we hebben geen haast.'

Omdat Davda een blik op hem wierp die in onduidelijke mate zowel minachtend als vol medelijden was, draaide Akli zich uiteindelijk om naar mij: 'Wat vind jij?'

Davda gaf me geen tijd om te antwoorden: 'Toch, Menach? Jij kunt toch wel met me oversteken?'

'Ja,' zei hij als in een droom. Hij perste zijn lippen zo hard op elkaar dat ze wit zagen.

Als een robot liep hij naar voren. Davda had de onderkant van haar jurk al tussen haar benen naar voren gehaald en stak een hand naar hem uit. Onwillekeurig pakte hij haar vast en stapte het water in. Om de kracht van de stroom te breken, ging hij naar het diepe, maar de rivier was niet erg diep, in het midden kwam het water tot zijn middel. Davda bood goed weerstand tegen de stroom. Ze staken dwars over zodat het water in een minder scherpe hoek tegen hen duwde. Davda, vastgeklampt aan zijn arm, bleef tegen hem praten, maar hij hield, wijdbeens, zijn blik op de andere oever gericht.

Ineens leunde Davda met haar hele gewicht tegen hem aan, wat ze duidelijk met opzet deed, want hij merkte dat ze zich liet gaan en geen poging deed om weerstand te bieden. Eerst probeerde hij haar zo te dragen, maar toen gleed zijn voet, die hij niet goed had kunnen neerzetten, van een ronde kei. Hij viel achterover. Davda gaf geen kik. Ze liet hem abrupt los en waadde naar de overkant.

Menach probeerde overeind te komen. Het zag er waarschijnlijk grappig uit, want terwijl hij ploeterde hoorde hij duidelijk de heldere lach, spottend en lang, van Davda op de oever. Het water sleurde hem echter alle kanten op. Hij ging kopje-onder, kwam weer boven, stootte zijn hoofd tegen de stenen, hield zich vast aan drijvende takken die door de stroming werden meegevoerd en greep tevergeefs om zich heen in het water. Hij kreeg slokken binnen. Even was hij versuft: vreemde beelden kwamen in hem op. Hij kwam weer bij, keek op, probeerde te zien waar de kant was. Een meegevoerde boomstronk stootte tegen hem aan. Weer verdween hij onder water en opnieuw kreeg hij slokken binnen. Ineens verspreidde zich een soort weldadige stroming door zijn aderen. Hij voelde zich kalm worden. Een bruiloftsstoet stak de rivier over, Davda was de bruid, ze zat in het midden van het water op een weelderig opgetuigde muilezel; om haar heen zongen vrouwen rustige trouwliederen; het was nacht, maar de sieraden van de bruid waren tot in detail zichtbaar, alsof het midden op de dag was.

Alle mannen renden stroomafwaarts, liepen het water in en gingen hand in hand staan om de stroom te blokkeren. Een bedelaar die zijn voeten had klemgezet tegen een grote kei midden in de rivier greep, zodra hij het lichaam tegen zijn been voelde, het hoofd bij de haren vast. Menach werd op de zanderige oever gelegd en ze lieten hem een grote hoeveelheid water ophoesten door op zijn buik te drukken. Zijn oogleden waren blauw en gezwollen en hij had beurse plekken op zijn gezicht en handen. Omdat hij wankelde toen hij probeerde te lopen, mocht hij bij de kinderen van Kou op de ezel zitten.

Al gauw begon een warm zonnetje te schijnen en Menach hield, tegen het advies van Aazi in, zijn natte overhemd aan. Rond het middaguur was de couscous klaar; er was zoveel dat we nog overhielden nadat de bedelaars hadden gegeten en hun kommen hadden gevuld. Terwijl we als mannen onder elkaar voor de honderdste keer hetzelfde gesprek voerden over de oogst van dit jaar, de rivier en de Bruidspoel, tikte de eerder verdwenen Menach zachtjes van achteren op mijn schouder en gebaarde me met hem mee te komen.

Via een haast onvindbaar pad tussen de bosjes en doornstruiken nam hij me mee naar een soort schuilplaats waar we allebei op onze buik gingen liggen. Ietsje lager naar beneden waren de vrouwen op een cirkel van aangestampte aarde, omrand door doornstruiken en iepen, bezig de ourar voor te bereiden.

'Kijk,' zei Menach, 'ze gaat dansen.'

Davda kwam inderdaad overeind, maar Menach, die zijn vurige blik niet van haar af kon houden, had niet door dat ik mijlenver bij hem en de ourar vandaan was. Ik keek voor me uit, maar alle beelden waren wazig. Tot op de dag van vandaag kan ik onmogelijk navertellen wat er daarna gebeurde, al zie ik na al die maanden nog precies iedere beweging van Aazi voor me. Ik hoor haar heldere lach, ik zie haar vingers over de tamboerijn gaan en haar gouden armbanden tegen elkaar stoten op het ritme van de dans, ik zie haar rondjes draaien die haar witte jurk doen opbollen, ik kan al haar woorden herhalen, al haar bevelen nazeggen. Het geluid van de ourar hoorde ik enkel nog in de verte, maar alles wat met Aazi te maken had, werd met een vlijmscherpe precisie in mijn geheugen gegrift. Alles om me heen draaide en gonsde. In een impuls stond ik op om de betovering te verbreken. Menach zei alleen tegen me: 'Wacht niet op mij, Mokrane, ik blijf hier tot vanavond.'

Zijn woorden drongen niet tot me door en ik maakte me haastig uit de voeten, liet hem liggend op zijn rug en kijkend naar de hemel, waarin donkere wolken heel snel zuidwaarts dreven, achter.

Akli had de dieren al laten bepakken. De vrouwen

werden gehaald, we moesten door het dreigende onweer zo snel mogelijk vertrekken. Van de terugweg herinner ik me niets meer.

Die nacht kon ik de slaap niet vatten. Dikke pakken donkere wolken trokken door de valleien. De drukkende lucht hield me wakker. Drie keer stond ik op om over mijn balkon te ijsberen, drie keer vroeg Aazi me wat er was en drie keer antwoordde ik binnensmonds dat er niets was. Om ongeveer twee uur 's nachts klonk er door het hele gebergte een dof en lang gebulder, afgewisseld door scherp gekletter, alsof er op stalen platen werd geslagen. Bliksemstralen verlichtten soms ineens mijn kamer, waarna er een nog dichtere duisternis heerste. Een harde storm blies verbeten tegen de ramen en gierde onder de deur door. Af en toe viel een van het dak gerukte pan aan stukken. Ik sloot de luiken. De wind deed 'hoe... hoe...' wanneer hij door de scherpe zijden van de luiken doorblies, tot hij ineens stilviel. Dikke hagelstenen sloegen onregelmatig tegen de dakpannen en stuiterden neer op de grond of het balkon. De hemel scheurde open en van het ene op het andere moment barstte een hoosbui los die het water door de regenpijpen deed klateren. Dat kabaal duurde zeker een halfuur, waarna de regen en de wind als door het toverstokje van een fee ophielden; alleen de wolken bleven onbeweeglijk hoog in de lucht hangen.

Omdat ik niet meer naar buiten kon maar ook niet meer kon slapen, deed ik het licht aan en pakte van mijn nachtkastje een brief van Idir die ik al twee keer had herlezen. De woorden trokken voor mijn ogen langs zonder dat ik er ook maar een moment mijn gedachten bij kon houden. Aazi's regelmatige ademhaling klonk ritmisch in de diepe stilte die was weergekeerd na het noodweer. Roerloos lag ze naast me. Haar oogleden met haar lange zwarte wimpers waren gesloten, maar ze had een vertrokken gezicht, alsof ze zich zelfs in haar slaap moest inspannen.

Menachs komst was een welkome afleiding voor me. Hij keerde nu pas terug van de rivier en aangezien er alweer dikke druppels op de grond kletsten, bonkte hij uit alle macht met zijn stok tegen de voordeur. Snel deed ik voor hem open. Omdat hij een groot deel van de weg in de regen had afgelegd was hij doorweekt. Hij mompelde hallo en liep met gebogen hoofd langs me heen om te gaan slapen.

De volgende dag kwam hij niet uit bed en 's avonds had hij veertig graden koorts. Hij hoestte en moest steeds zijn tranende ogen droog deppen. Aazi ging die avond naar hem toe en week daarna niet meer van zijn zij. De vrouwen die van haar wisten dat ze altijd alles ter hand nam, lieten haar zoals gewoonlijk begaan, maar ik, die inmiddels zelfs haar meest intieme gedachten kon lezen, was me er zeer van bewust dat ze het deed met een voor haar ongebruikelijke toewijding en nervositeit.

Op de vierde dag viel Menach in slaap. Hij sliep zo diep dat we dachten dat het veel beter met hem ging. Aazi, die sinds hij ziek was geworden maar twee keer was weggegaan om een uurtje licht te slapen, ging naar huis om te rusten.

Tegen twee uur 's morgens klopte Menachs moeder

aan onze deur. Het ging slecht met de zieke. Hij was niet wakker geworden en ijlde doorlopend.

Rond Menachs bed troffen we Sekoura, mijn vader, Na Ghné en Akli aan. Zodra ze me zag, zei Na Ghné: 'Hij loopt geen gevaar meer, hij heeft het gered.'

Davda was ook op de hoogte gebracht maar liet op zich wachten. Uiteindelijk verscheen ze toen de zon op-kwam met ogen die nog gezwollen waren van de slaap en in haar gezicht iets vaags dierlijks dat haar schoon-heid hard maakte. Ze ging snel weer weg, met als ex-cuus dat ze haar koeien en geiten moest melken en de herders aan het werk moest zetten.

Een voor een vertrokken toen ook de anderen en al gauw waren alleen Kou, Aazi en ik nog in de kamer; Menach ijlde niet meer. Wel ging hij een keer rechtop zitten in zijn bed en keek met half geopende ogen wa-zig voor zich uit terwijl hij bijna duidelijk zei: 'Ja, oude man, dit is Taasast, Taasast van Tasga, van de stam van Jacobs nakomelingen. Wees welkom. Kom maar bin-nen.' Waarna hij zijn hoofd weer achterover op het kussen liet vallen. Sinds een jaar of twee, drie was de zachte, zangerige stem van Menach veranderd; hij was warm en diep geworden, maar tegen de oude man in zijn droom had Menach weer zijn kinderstem.

Kou, in een hoek weggedoken, bleef roerloos zitten. Maar ik weet zeker dat ze het had gehoord. Pas heel laat verlieten we de kamer van Menach, die nu vredig lag te slapen. Onderweg zwegen we. Toen we vlak bij de grote poort kwamen waar we afscheid moesten nemen, zei Kou, alsof ze tegen zichzelf sprak: 'Vreemd wat Menach zei, het was vast een mooie droom. Als hij beter is, kan hij ons erover vertellen. Als hij het zich maar herinnert!'

We gingen ons huis binnen en Aazi herhaalde als een echo: 'Als hij het zich maar herinnert.'

Aazi wist heel goed dat ze mijn moeders ongenoegen opwekte, alleen maar omdat ze nog geen kind had. Om haar te vernederen kwamen de vrouwen haar vertellen over alle geboortes in Tasga en de wijde omtrek. Zodra ze de gelegenheid hadden gingen ze de hele lijst af van moeders met veel kinderen. Mijn moeder benadrukte dat God alleen deugdzame mensen zegende; ze zei het niet hardop, maar tussen de regels door maakte ze wel duidelijk dat Aazi's onvruchtbaarheid een straf was voor haar zonden. Het idee dat ze verdoemd was, dat ze nutteloos was, werkte zich als een boor bij mijn vrouw naar binnen. Iedere dag wortelde het dieper in haar, het vergalde haar geluk, en wanneer Aazi zich toevallig even ontspande en er misschien niet aan dacht dan wist mijn moeder haar door een subtiele wending in het gesprek wel weer terug te brengen naar dat onderwerp. Aazi was jaloers op Kou, wier zichtbare buikje verried dat ze een derde kind kreeg: waarom zegende God het huwelijk van Kou zo overmatig en dat van haar helemaal niet? Kou was tenminste vruchtbaar; ze was moederlijk en gul als de aarde, haar volle en reeds hangende borsten ontsierden haar in de ogen van Aazi geenszins.

Kou gaf overigens een positieve wending aan de situatie: 'Zelf heb ik er al genoeg,' zei ze, 'en jij hebt er geen. Weet je, ik geef je er een.'

En ze hield woord; al gauw klonk Idirs schelle stemmetje in ons huis.

Mijn vrouw probeerde alle bekende middelen tegen onvruchtbaarheid. Vóór de winter had Na Ghné een mand op haar rug gebonden waarmee ze in de naburige dorpen bij alle moeders was gaan bedelen voor een vrouw die Gods genade niet in zich mocht ontvangen. Dan moest er van al die symbolische aalmoezen één de vruchtbaarheid van de geefster op Aazi overdragen. Maar de winter ging voorbij zonder dat de magische transfusie plaatsvond.

Toen waren we dus genoodzaakt de oplossing te proberen die de sjiech een keer had voorgesteld. Samen met Davda besloot Aazi een pelgrimstocht te ondernemen naar het heilige graf van Abderrahman bij At Smaïl. Akli bood aan ons er in zijn Plymouth naartoe te brengen, maar hij reed als een beginneling en geen van ons wilde de prijs betalen van zijn gebrek aan ervaring. Dus klommen we op onze muildieren en gingen we op weg naar de rivier.

De sjiech en Na Ghné, allebei trouwe volgelingen van de heilige, maakten van de gelegenheid gebruik om met ons mee te reizen. Ook Menach vergezelde ons, de sjiech had hem verteld dat het de demon van de rivier was geweest die tijdens zijn ziekte had toegeslagen en dat hij alleen met de hulp van de grote heilige voorgoed van hem af kon komen. Eerst had Menach geweigerd, maar na lang aandringen van Davda was hij overstag gegaan.

Onderweg haalden we een groep mannen en vrouwen uit Iraten in, met wie we verder trokken naar het graf van de heilige, waarvan we aan het eind van de middag eindelijk de koepel zagen opdoemen.

Zodra we er waren dromden talloze oude vrouwen, die overal vandaan kwamen, samen om Aazi. Ze trokken aan haar jurk, haar hoofddoek, kusten haar handen, vroegen allemaal tegelijk om een aalmoes, deden wensen voor haar. Toen ze al het geld had uitgedeeld dat ze bij zich had, ging ze verder met het mijne. Uiteindelijk wist Na Ghné haar te bevrijden uit de zwerm bedelaarsters, die doorgingen met wensen of juist scholden en klaagden terwijl ze zich uit de voeten maakten. Twee van hen vlogen elkaar letterlijk in de haren en Davda moest al haar autoriteit in de strijd gooien om ze uit elkaar te krijgen.

Met een heleboel andere pelgrims deelden we de *galette*, vijgen, karnemelk en honingkoeken die we hadden meegebracht, en vervolgens gingen we allemaal ons kleine offer achterlaten in het speciaal daarvoor bestemde doosje in de kapel. Toen het Aazi's beurt was, deed ze haar schoenen uit en liep naar de graftombe, waar ze het glinsterende vaandel kuste dat erboven hing en zei: 'Abderrahman...' – ze stak haar hand uit – 'Abderrahman, je hebt me naakt en alleen overgeleverd aan de wil van God. Help me. Geef me een zoon en hij zal jouw naam dragen, Abderrahman.'

De oude vrouwtjes die in een cirkel om de katafalk heen zaten en allemaal tot de broederschap van de heilige behoorden, voegden er spontaan aan toe: 'Laat het zo zijn dankzij jouw bemiddeling, Abderrahman!'

'Mijn moeder is een van je volgelingen. Dag en nacht smeekt ze je en iedere avond zingt ze je lof, Abderrahman de onverschillige.'

'Geen godslasteringen, mijn kind,' zei een van de oude vrouwtjes terwijl ze aan de onderkant van haar rok trok. 'Ga met deemoed in je hart naar de heilige, buig voor hem.'

Aazi boog diep, bleef zo even staan en liet zich daarna op de katafalk vallen en kuste die.

'Bevrijd mijn huis van de vreugdeloosheid en mijn schoot van de onvruchtbaarheid en ik zal een rund komen kelen ter ere van jou, meelevende Abderrahman.'

'Laat het zo zijn dankzij de veertig heiligen van de Manguellet,' zei de oude vrouw, die waarschijnlijk uit dezelfde streek als mijn vrouw kwam.

Aazi was voor mijn gevoel lang genoeg binnen gebleven, dus ik ging naar haar toe.

'Moeder,' zei ze tegen de oude vrouw, 'dit is mijn man. Drie jaar geleden is hij met me getrouwd zodat ik hem zoons kon geven, maar God wil het niet.'

'Kind, steek je handen uit, met de palmen naar boven.'

Aazi deed wat ze zei, evenals de andere vrouwen.

'Ik zou graag willen dat je ook je handen uitstak,' zei Aazi tegen me.

Het oudje bad toen lang tot de heilige, opdat hij de wens van de jonge vrouw zou vervullen. Bij iedere pauze in haar litanie zeiden de andere vrouwen die bij haar zaten bijna gedachteloos 'amen'. Hun blikken verrieden hun bewondering voor Aazi's schoonheid en hun verbijstering over de oneerlijke onvolkomenheid die zoveel leed veroorzaakte in een lichaam dat zo perfect was.

Aazi was opgestaan.

'Buig je hoofd, mijn kind, voor Gods wil, zodat Hij en Abderrahman je schoot niet zo schraal laten zijn als de bronnen in de zomer.'

Aazi liet haar voorhoofd weer zakken. De oude vrouw legde haar hand op haar hoofd.

'Abderrahman,' herhaalde ze drie keer, 'maak hun verbintenis vruchtbaar, zodat ze geen last worden voor elkaar.'

Die zin staat nog altijd in mijn geheugen gegrift. Alleen dankzij een lange levenservaring en een uitgebreide omgang met de heiligen kun je het vermogen hebben gekregen om in harten te kijken, lieve oude vrouw die ik op een dag toevallig ontmoette bij het graf van Abderrahman, die ik niet kende en die mij niet kende, die van niemand had gehoord wat ons verhaal was, maar die dwars door ons heen in onze harten keek en zag dat we ons best deden om van elkaar te houden zoals vroeger, dat we ons vasthielden aan de herinnering van gevoelens die niet meer bestonden om elkaar niet te beledigen, dat we tegen onszelf logen om elkaar langer te kunnen verdragen, en dat we het beu waren om onszelf dag in dag uit doelloos in elkaar weerspiegeld te zien zonder dat ook maar iets ons enige afwisseling bracht in onze liefde. Waarom zouden we zoveel van elkaar houden als wij, wijzelf, het doel, het armzalige doel, van onze liefde waren, lief vrouwtje bij het graf van Abderrahman, dat dat inzicht uit het diepst van je oude hart haalde?

Aazi begreep de zin op dezelfde manier als ik. Daar was ik bij voorbaat al van overtuigd. Het was juist die veel te volledige overeenstemming van onze gevoelens en van onze meest alledaagse handelingen die tussen ons de verveling deed ontstaan, die ons beroofde van verlokkelijke illusies en het genot om elkaar te verkennen en te ontdekken hoe verschillend de ander is.

'Ik wil graag dat je naar buiten gaat,' zei ze tegen me.

Achteruit lopend vertrok ik, want je mag een heilige nooit je rug laten zien. Toen ik bij de ingang mijn schoenen aandeed, zag ik hoe Aazi zich op de schoot van de oude vrouw liet vallen, en eenmaal buiten hoorde ik hoe ze in snikken uitbarstte.

Toen de sjiech aan de beurt was om naar binnen te gaan, vroeg hij eerst alle vrouwen te vertrekken. We hoorden hem bidden en zijn stem verheffen. Toen hij bij de wensen aankwam ter afsluiting van het gebed, zei hij uiteindelijk met luide stem: 'Abderrahman, geven God en zijn heiligen niet meer om ons? De Almachtige heeft onder de ongelovigen grote beroering veroorzaakt, ongetwijfeld als straf voor hun zonden, maar wij, waarom moeten wij mét hen gestraft worden? Wij volgen de wet van God en als we soms zondigen dan is dat omdat alleen wijzen perfect zijn, zoals je wel weet, zeer geleerde Abderrahman. Waarom moeten ruzies die zijn veroorzaakt door gekken onze moeders het vlees van hun vlees ontnemen, en onze jonge vrouwen hun jonge echtgenoten? Breng Ahcène van de Iboudraren, Akli van Maleks kinderen, Azouazou en Kaci weer terug op straat in Tasga. Zorg dat ik niet sterf voor ik hen weer heb gezien. Maar als ze er eenmaal zijn, laat me dan heengaan, want de wereld is niet meer zoals jij hem hebt achtergelaten, Abderrahman. Overal in de bergen is er heiligschennis en de kinderen van hen die naar jou luisterden alsof je een tweede profeet was hebben er gebruiken geïntroduceerd waarvan je de haren te berge zouden rijzen. Ze leven de wetten niet meer na en het zal niet lang meer duren voor ze zelfs de taal van hun voorouders niet meer zullen spreken. Abderrahman, zorg ervoor dat mijn oren doof en mijn ogen blind zullen zijn als ik op die dag nog niet in Gods genade ben opgenomen.'

De sjiech kwam naar buiten met zijn gezicht naar ons toegekeerd; in al zijn geestdrift was hij vergeten dat je nooit je rug aan de heilige mag laten zien.

Tot overmaat van ramp bracht Sekoura sinds een tijd Idir nog maar zelden naar ons huis. Vier maanden eerder was ze bevallen van haar laatstgeborene, een flink joch met bolle wangen die ze Meziane, 'de kleine', had genoemd en daarna was ze niet meer gekomen.

Op een dag deed ze echter haar minst versleten jurk aan (want nieuwe had ze al lang niet meer), stak Idir in een andere gandoura, nam hem bij de hand, bond Meziane op haar rug en ging weifelend op weg naar ons huis. Heel zachtjes klopte ze aan en vanachter de deur klonk Aazi's lichtelijk vermoeide stem: '*Oua Akka*? Wie is daar?'

'*Dh nek*. Ik ben het,' wilde ze antwoorden. Maar de woorden bleven in haar keel steken, ze antwoordde niets. Het liefst was ze er snel vandoor gegaan, als een dief, zo erg schaamde ze zich voor haar versleten jurk.

Aazi deed open. '*Dh kem a Kou*? Ben jij het, Kou?'

Kou, haar meisjesnaam! Aazi was die dus niet vergeten; Sekoura kreeg vertrouwen. Ze probeerde te glimlachen.

'*Laaslama*! Goedenavond.'

Ze vlochten hun handen in elkaar en drukten er kusjes op. Sekoura voelde Aazi's zachte huid tegen haar lippen. Ze keek naar haar eigen handen, die kloven hadden en bruin zagen van het werk in huis, en opnieuw schaamde ze zich.

Maar Aazi, die dolblij was haar te zien, stelde allerlei vragen zonder op de antwoorden te wachten, kuste Meziane en nam hen bij hun handen mee naar binnen, terwijl ze opmerkte: 'Wat ben je mooi, maar wat ben je mager, arme Kou!'

Ze keek naar de doffe blik in haar vermoeide ogen, haar gekwelde gezicht als dat van een noodlijdende, haar gebroken lichaam, toegetakeld door de opeenvolgende zwangerschappen, haar blote voeten, gehavend door de keien op de weg, haar volle en zware borsten als die van een zoogster en haar armzalige, nette kleding. Idirs gezicht was gelig en zag eruit als dat van een kind dat zelden genoeg te eten had en niet altijd wat hij lekker vond, met van de honger uitpuilende ogen. Hij deed evengoed zijn best om te lachen, maar het was een triest en vluchtig lachje dat meteen verdween, alsof hij bang was om te aanwezig te zijn.

Aazi werd overvallen door een enorm medelijden

met de arme stumper tegenover haar, die ooit haar jeugdvriendin was geweest en met wie ze had gespeeld en gedroomd. Kou vocht nog, dat was zeker, getuige haar schone jurk en de witte boernoes van Idir, maar ze zou haar gevecht tegen elementen die haar krachten te boven gingen niet lang meer volhouden; binnenkort zou ze haar verzet staken en dan zou de stroom haar opslokken, haar doen tuimelen, haar ergens als een steen naartoe slingeren, totdat... Maar Kou was er nog, de mooie Kou uit Taasast, Kou die drie kinderen had terwijl zij, Aazi, er niet één had.

'Kou, hier is de kast waaruit je de jam van mijn schoonmoeder pikte. Weet je nog? Hé, waarom laat je Idir niet even kijken of er nog wat over is?'

Kou hield haar zoontje juist tegen zich aangedrukt en verbood hem bij haar weg te lopen, uit angst dat hij dingen kapot zou maken. Ze voelde zich opgelaten, gedroeg zich als een arme vrouw in het huis van een dame, durfde nauwelijks om zich heen te kijken naar het brandschone en uiterst fraaie interieur, zelfs al was dat ooit als een tweede huis voor haar geweest.

'Ik ging net eten. Laten we het middagmaal met elkaar gebruiken,' ging Aazi verder.

Alle heiligen moesten erbij gehaald worden om Sekoura op het aanbod in te laten gaan. Ze at onhandig, schuchter, alsof ze bang was de couscous aan te raken. Tegen de wens van zijn moeder in besmeerde Idir zijn galette met een grote kluit boter die hij eerst over het parket had gesleept.

Kou zei niets en hield haar ogen neergeslagen in haar

vermoeide gelaat, dat vroeger zo mooi was geweest. Lange tijd bleef ze zwijgen. Al tientallen keren had ze op het punt gestaan om tegen Aazi te zeggen wat ze wilde zeggen en wat ze zorgvuldig had voorbereid, maar ze durfde niet. Ze zou te veel overkomen als een bedelaarster of als iemand die misbruik maakte van hun jeugdvriendschap. Alle woorden die ze van tevoren had bedacht vond ze nu belachelijk en de minuten verstreken. Toch had ze dringend behoefte aan een paar oude jurken die Aazi niet meer droeg en wat gerst die anders alleen maar aan het muildier gegeven zou worden.

Ze keek toe hoe Idir zijn broodje verslond: twee straaltjes gesmolten boter liepen uit zijn mondhoeken naar beneden; Aazi veegde ze af en toe lachend weg.

'Zo, die propt zich lekker vol,' zei ze, 'hij denkt zeker dat er vanavond thuis misschien niets te eten zal zijn. Nou?'

Kou vatte moed en stamelde als iemand die een zware last probeert op te tillen: 'Ik ben gekomen...'

De deur zwiepte open zonder dat er iemand had aangeklopt. Als een wervelwind kwam Davda naar binnen.

'Ah, wees welkom bij ons,' zei ze, waarna ze Idir met kussen overstelpte, Aazi met vragen en Sekoura met het gerinkel van haar gouden sieraden die ze goed in haar zicht hield terwijl ze sprak met weldoordachte 'toevallige' bewegingen.

Aazi wisselde een blik van verstandhouding met Sekoura. Gelukkig riep Akli, die net thuis was gekomen, Davda bij zich; ze stormde net zo hard de kamer weer uit als ze naar binnen was gekomen.

Dankzij het ongepaste bezoek en vooral dankzij de blik die ze hadden gewisseld was het ijs nu gebroken. Kou aarzelde niet meer en vertelde haar oude vriendin alles.

Sinds hij was teruggekomen uit Nédroma had Ibrahim geleefd van de winst van zijn kruidenierszaak. Toen hij geen cent meer over had, wilde hij proberen zijn winkel weer te openen, maar tijdens zijn afwezigheid was zijn hele voorraad gerantsoeneerde levensmiddelen verdeeld onder zijn medewinkeliers in Nédroma. En andere spullen waren er eigenlijk niet. Ibrahim verkocht de zaak en kwam terug naar Tasga. In een jaar tijd had hij al het geld van de verkoop uitgegeven en aangezien dat alles was wat hij had, hadden ze meteen aan de grond gezeten. Hij ging aan de slag als wegwerker en om zijn plek te behouden deed hij wat bijna al zijn collega's deden: af en toe eieren of een kip naar de chef-kantonnier brengen; op sommige marktdagen liep hij wel zestien kilometer om de chef een groot stuk vlees te geven dat hij natuurlijk uit eigen zak had betaald; ondertussen aten zijn eigen drie kinderen, zijn vrouw, zijn moeder en hijzelf helemaal geen vlees meer; 's zomers maaide hij het hooi van de chef; in de herfst ploegde hij zijn land voor de helft van het gangbare salaris, en dat allemaal om vijftig frank te krijgen aan het eind van een dag graven en stenen breken in de zon, de regen en de wind.

De woorden stroomden mat en monotoon uit Sekoura's mond. Terwijl Aazi luisterde zag ze de ellendige en tragische beelden van het zware leven in Ibrahims huis voor zich.

Soms voelde Ibrahim zich woest worden wanneer hij de haviksneus, de blauwe ogen en de dunne lippen van de chef zag en wilde hij hem het liefst een klap in zijn gezicht verkopen, maar bij de gedachte aan zijn in lompen gehulde kroost of de ooit volle maar nu holle wangen van Sekoura boog hij zich gelaten weer over zijn kruiwagen, zijn schep, zijn houweel en zijn ellende, als een os onder het juk. Zijn beklag doen? Bij wie? Bij het wettige gezag natuurlijk. Dat gezag trok zich geen jota aan van zijn drie kinderen en vrouw. 's Avonds thuiskomen zonder zelfs de trieste vijftig frank die ervoor zorgden dat ze niet langzaam omkwamen van de honger, dat ze niet uitdoofden als kaarsen, kon hij niet over zijn hart verkrijgen en om dat te voorkomen was hij bereid alles te slikken.

In de tussentijd was Sekoura, die hun land bewerkte, ziek geworden. Ibrahim wachtte tot God haar zou genezen. Maar ze genas niet. De dokter moest erbij worden gehaald. De dichtstbijzijnde was achttien kilometer ver weg. Dat was de staatsarts. Die moest in principe om de twee weken langskomen in Tasga om gratis de onbemiddelde zieken uit de stam te verzorgen, maar hij was al vijf maanden niet meer gezien. Hem betalen om op huisbezoek te komen? Ibrahim had er geen geld voor.

De chef was in die tijd heel voorkomend. Hij weigerde Ibrahims cadeaus, liet hem 's avonds eerder vertrekken omdat Sekoura, die onwel was, hem nodig kon hebben en vroeg iedere ochtend hoe het met de zieke ging. Op een avond ging hij zelfs zover in zijn medeleven dat hij Ibrahim bij zich riep en zei: 'Alle dingen die gebeuren zijn Gods wil. Ik zou genoeg geld willen hebben om mijn vrienden te helpen, ik zou het ze renteloos lenen of het zelfs aan ze geven, maar de Almachtige heeft van mij geen rijk man willen maken en ik heb nauwelijks genoeg om in mijn eigen behoeften te voorzien.'

Hij probeerde zielig uit zijn kille ogen te kijken. Ibrahim wist heel goed dat de chef zich flink had verrijkt over de rug van alle mensen die zich in het zweet werkten op de wegen van het arrondissement en hij wist ook dat de chef zo gierig was dat hij zijn naasten niets gaf. Hij maakte een onbestemd gebaar en liep weg. Nauwelijks had hij een paar stappen gezet of de chef riep hem alweer: 'Je situatie gaat me ter harte en je bent een goede werker. Als je geld nodig hebt, zal ik proberen mijn broer zover te krijgen dat hij je wat leent.'

De broer van de chef was een mislukkeling die nooit iets van zijn leven had weten te maken. Thuis telde hij niet mee; hij kwam alleen om te eten en zwierf de rest van de tijd rond met Ouali's groep. De chef had echter een aantal winstgevende zaken op zijn naam gezet.

Met Ibrahims vrouw ging het slechter dan ooit. Ze beweerde met kalme stem dat ze stervende was en het was duidelijk dat ze dat echt geloofde en erin berustte.

'Je bent sterk, Ibrahim,' zei ze, 'je bent jong en eerlijk. Rechtschapen mensen worden altijd door God beloond.'

Ibrahim was zo verontrust door wat hij hoorde en zag dat hij niet eens aan de chef dacht in dat verband. Zuivere zielen worden altijd door God beloond, dat staat vast!

'Je zult dit allemaal te boven komen en weer rijk worden. Vergeet alleen je kinderen niet,' vervolgde ze, met in gedachten de vrouw die hij na haar dood zou nemen. Ze keek weg om haar tranen te verbergen.

'Stil maar,' zei Ibrahim. 'Toe, rust maar uit, hier kunnen we het morgen wel over hebben.'

De volgende dag liet Ibrahim dokter Nicosia komen, de zoon van een Italiaanse metselaar die zich tot Fransman had laten naturaliseren. De chef had hem wat geld beloofd en de rest kon Ibrahim ergens anders wel vandaan halen.

Hij liet de dokter achter bij Sekoura en Idir en ging naar zijn werk; de vijftig frank voor die dag kon hij niet missen.

Zodra hij er was, riep de chef hem bij zich en weer nam hij hem apart.

'Die hond van een broer van me,' begon hij, 'heeft het hart van een *roumi*; het is geen echte moslim. Hij wil je het geld alleen tegen twintig procent lenen en zelfs dat heb ik met moeite voor elkaar gekregen. Kijk maar of dat goed genoeg voor je is, maar ik weet dat je het zult doen, want wat is nou belangrijker, geld of de gezondheid van een geliefd familielid?'

De chef bleef nog netjes, hij had ook gewoon kunnen zeggen 'van je vrouw'. Ibrahim nam het aanbod aan en toen hij 's avonds wegging had hij in zijn zak het geld dat hem meteen was overhandigd en in zijn hoofd het beeld van de glinstering in de ogen van de chef toen ze de overeenkomst hadden gesloten.

De diagnose van de dokter was tyfus in combinatie

met een algehele ernstige vermoeidheid: Sekoura moest in het ziekenhuis worden opgenomen en na haar herstel overvloedig te eten krijgen. Het honorarium dat dokter Nicosia vroeg deed Ibrahims ogen uit zijn hoofd puilen, zo'n groot bedrag had hij sinds hij aan de weg werkte nog nooit in één keer uitgeteld. Hij moest de hulp inschakelen van Akli, die op advies van Davda tenminste geen rente rekende.

Sekoura werd in het ziekenhuis opgenomen en na twee weken van ijsbaden, een speciaal dieet en injecties was ze genezen. Ze kwam weer terug naar Tasga, maar hoe hard Ibrahim ook zijn best deed, hij kon de overdaad aan voedsel die de dokter had voorgeschreven niet betalen, ook omdat hij nu de chef én Akli moest terugbetalen. Om geld te besparen werden de toch al kleine porties couscous nog verder beperkt en Sekoura merkte dat haar drie kinderen langzaamaan hun rode wangen en hun vlees verloren. Voor haar en Ibrahim ging het nog, voor haar schoonmoeder ging het nog, maar de kinderen! Nu kon ze het allemaal niet meer aan en daarom was ze gekomen.

Toen ze klaar was, bleef Aazi haar aankijken, alsof ze nog meer verwachtte. Dit was dus de vrouw op wie ze in haar slapeloze nachten zo vaak jaloers was geweest om haar moederschap, een arm schepsel dat was overgeleverd aan zoveel lichamelijk lijden en zoveel zielenpijn. Aazi werd wakker als uit een droom. Ze drukte Kou stevig tegen zich aan en zei in tranen: 'Kou, mijn arme Kou.'

Samen zaten ze een tijdje te huilen, totdat Aazi opstond en in het wilde weg jurken, hoofddoeken, sjaals en truien uit haar bruidskist begon te halen, die ze als een berg op Kou's armen legde. En de gerst zou ze dezelfde avond nog door onze kleine herder op de muilezel laten laden.

Een hele tijd wachtte Aazi op het resultaat van Abderrahmans baraka, maar de dagen verstreken, en daarna de weken en alle maanden van de winter. Toen het weer lente werd, was er niets voor haar veranderd. Haar situatie werd met de dag lastiger, want hoe kon ze in ons huis blijven terwijl ze geen kinderen kreeg? Voor mij ging het nog, maar voor mijn ouders was het al een wonder dat ze haar zolang hadden toegestaan te blijven. Alleen, wat kon ze doen? Alle middelen die ze kende had ze reeds aangewend.

Op andere momenten had ze er zo genoeg van en was ze zo moe van alle stille of openlijke verwijten van mijn moeder, van de pesterijen van al die vrouwen die blij werden van haar onvruchtbaarheid, van mijn rare en voor haar onbegrijpelijke karakter, dat ze wilde dat het zo snel mogelijk ophield. Werd ze maar verstoten zodat ze eindelijk bevrijd was van dit alles!

Op een dag zou Ramdane een lang betoog komen houden waarin haar totale nutteloosheid als onvruchtbare vrouw discreet maar duidelijk zou worden uiteengezet, hij zou haar veel geluk elders toewensen, waarna hij drie keer de canonieke spreuk voor verstoting zou uitspreken en ze zou kunnen vertrekken. Alleen al bij de gedachte aan dat vertrek kreeg ze het doodsbenauwd.

Ze kon zich niet voorstellen dat ze ergens anders zou leven dan in dit huis, waarin ze was opgegroeid.

Het was Na Ghné die me dit alles pas veel later vertelde. Na Ghné kon niets meer bedenken, vrijwel alle middelen die ze dankzij haar lange ervaring kende waren opgebruikt. Er was nog één mogelijkheid over: de *hadra* van Sidi Ammar, maar dat zouden de mannen nooit goed vinden, behalve als ze met de hulp van Akli mij zouden weten te overtuigen. Davda had ook geen kinderen, dus konden ze samen gaan. Akli leek zich er geen zorgen over te maken en hij wilde zijn vrouw juist meenemen naar Aïn-Beida, waar hij een graanhandel had en waar hij net een kleine villa had gekocht, zoals hij die zelf bescheiden noemde, maar Aazi wist dat Davda's hart, ondanks haar serene uitstraling, stilletjes door dezelfde gedachte werd verteerd.

Akli was niet in staat zijn vrouw iets te weigeren. Tegen mijn ouders zeiden we dat we een pelgrimstocht gingen ondernemen naar het graf van de heilige bij At Smaïl en om het geloofwaardiger te maken namen we Menach met ons mee. Aazi en Davda trokken hun oudste jurken aan zodat ze niet opvielen. Ik stak mijn revolver in mijn zak, Akli hing zijn geladen Hammerless over zijn schouder, en daar ging onze karavaan 's morgens vroeg op weg naar de witte koepel van Sidi Ammar. In de avondschemering kwamen we aan bij de in allerlei kleuren geverfde houten poort van het heiligdom.

Groepen gehurkte mannen en vrouwen zaten in kringen in de benauwde ruimte, waar je geen hand voor ogen kon zien door de rook van de hasjpijpen die overal in de duisternis als rode spikkeltjes oplichtten. Helemaal achterin, naast de kleilamp, een extreem benig gezicht, een profiel zo scherp als een lemmet, donkere ogen, een gelijkmatige krans van zwart baardhaar, een enorme groene tulband op het hoofd. Dat was ook de hoek waar de vioolklanken vandaan kwamen, met het ritme van negermuziek, al was het instrument niet zichtbaar. In iedere groep gaven de mannen elkaar het pijpje door waaruit de welriekende geur kwam die het hele interieur vulde, de geur die aanzette tot dromen, die lijnen deed vervagen en scherpe randen deed verstompen. In alle hoeken trilden de vlammetjes van tientallen kaarsen.

We gingen naar binnen. Niemand sloeg acht op ons en wij gingen op onze beurt als een groepje in een hoek zitten. Plotseling deed een felle streek van de groene tulbandman de viool jammeren en er werd hard op een trom geroffeld. Het gefluister viel stil. Iedereen kwam overeind om de ruimte in het midden vrij te maken. Een oude vrouw begeleidde alle jonge vrouwen die voor de hadra waren gekomen één voor één naar het midden. Ze duwde ze bij elkaar tot een levende kluit waardoor ze alleen nog aan hun kleding herkenbaar waren, want ze hielden allemaal het hoofd gebogen.

De muziek ging ondertussen door. Nu eens wild, monotoon, stampend, of onstuimig, dan weer liefkozend en zacht als een kus.

Mannen en vrouwen in de hele ruimte begonnen te schokken, hun schouders maakten stuipbewegingen op het ritme van de viool, overal vandaan kwam een kakelend geluid. Opnieuw een lange streek over de viool, waarna een paar mannen tegelijk hun boernoes uitdeden, schreeuwden als een wild beest en in het midden sprongen; arm in arm dansten ze. Af en toe was het gekraak van hun botten hoorbaar. Vrouwen, meer mannen, vurige jonge mensen en oudjes van wie de krachten vertienvoudigden door de orgiastische trance waarin ze verkeerden, sprongen ook op en vormden, eveneens arm in arm, een uitzinnige kring om de onvruchtbare jonge vrouwen heen.

Ineengedoken, met haar hoofd op de knieën van Davda en met een zwarte doek om zich heen geslagen liet Aazi de uitbarsting van demonische ritmes en extatisch gereutel over zich heen komen, in de hoop dat zoveel dierlijk machtsvertoon een sprankje leven zou opwekken in haar schoot. Een jonge vrouw duwde haar hoofd met kroeshaar in haar zij; een andere liet zich met haar hele gewicht op haar rug vallen. Om niet te huilen klemde ze haar kaken op elkaar, legde ze haar kin op haar knieën en spande ze al haar spieren om de tranen tegen te houden die ze voelde opwellen.

De hadra duurde ruim een uur. Aazi hoorde de uitgeputte lichamen van de fakirs één voor één neervallen als blokken, en ze werden door hun metgezellen die niet op dit lied moesten dansen naar een hoek gebracht, nadat ze hun bezwete lijven bedekt hadden met een boernoes. Na een uur waren er nog maar twee over die geen genoeg konden krijgen van de muziek. Met een grafstem riep de man met de groene tulband de *chaouchs*, die met een aantal tegelijk aan de slag moesten om de twee losgeslagen mannen neer te halen. Een laatste,

zachte jammerkreet van de viool, een paar felle trom-
slagen met korte tussenpozen en zo eindigde de hadra.
Een diepe stilte volgde op al het kabaal; af en toe was
enkel nog het laatste gekreun te horen van de fakirs die
her en der op de grond lagen.

Ze stonden allebei op. Akli, die het hele schouwspel
niet had kunnen aanzien, was al buiten. Meteen verlieten ze de ruimte zonder verder nog vragen te stellen,
zonder achterom te kijken en met gebogen hoofd, ont-
zet door de angst en de schaamte; maar wat maakte het
uit? Ze hadden geen keuze.

Op de terugweg waren ze stil, zelfs Akli kon geen
fraaie frasen vinden om zulke barbaarse praktijken te
veroordelen.

Toen begon het lange wachten. Aazi was eerst heel hoop-
vol en later volledig verslagen. Ze ging bijna de deur niet
meer uit, om te ontkomen aan de toespelingen, de steken
onder water die de vrouwen haar verwoed bleven geven.
Lathmas kwam bijna iedere ochtend bij haar langs. Alleen in de bezoekjes van Na Ghné vond ze troost, want
Na Ghné, wier werk het was om alle kinderen van Tasga
ter wereld te helpen komen, had het nooit over hen; als
je op haar afging leek het wel of er geen kinderen meer
geboren werden en wanneer Aazi, niet langer in staat
om de gevoelens op te kroppen die haar verteerden, vragen begon te stellen of het gesprek die kant op stuurde,
dan pakte Na Ghné ineens de gieter om de basilicum
op het balkon water te geven of hoorde ze zogenaamd
stemmen die haar riepen.

Het nieuws over de oorlog had nauwelijks invloed op de gespannen sfeer. De mannen begonnen zich weer gewoon in een of andere kampioen te interesseren; vlak voor het Offerfeest had Vlaïd de veekoper stellig beweerd dat als de man met de snor (Bouchlaghem, zoals hij Stalin noemde) op de feestdag Berlijn nog niet had ingenomen, God ook wel even kon wachten op het schaap dat voor hem geofferd moest worden; een taleb die uit Tunis was gekomen goot als plengoffer een kop thee over de krant waarin werd bericht over de inname van Krakau door de Wehrmacht. Maar ze wisten zich wel allemaal tegelijk te beklagen over het feit dat het graan, dat overigens nergens meer te krijgen was, de ongekende prijs van vijfentwintighonderd frank per vat had bereikt.

Zo gingen de zomer en een deel van de herfst voorbij. Op een avond, toen de mannen op het plein stonden te praten, waren er aan de horizon in het westen allemaal bliksemflitsen te zien die steeds na een tijdje werden gevolgd door dof gerommel, dat echter niet als onweer klonk. Er werden allerlei hypotheses geopperd, maar die bleken stuk voor stuk onjuist, en de volgende morgen vernamen we per telefoon uit Algiers dat de Amerikanen die nacht waren geland.

In de steden was de mobilisatie al begonnen en het was duidelijk dat Tasga snel aan de beurt zou zijn. Op slag vergat Aazi Abderrahman, de hadra, haar onvruchtbaarheid en zelfs mijn afstandelijkheid. Ik zou vertrekken en deze keer was ze bang dat ze me niet meer terug zou zien. De eerste keer hadden de heiligen me helpen ontkomen omdat de oorlog voorbij was voordat ik mijn opleiding had afgerond, maar nu ik officier was... Wat als me hetzelfde overkwam als Ahcène van de Iboudraren? Op een dag zou mijn vader een brief ontvangen van de Administrateur en daarna een pakketje met mijn horloge, de ring die zij me op de eerste dag van ons huwelijk had gegeven en mijn papieren en dan... niks meer. Nooit meer zou ik met mijn stok de deur open duwen.

Na de ervaring van de eerste oorlog waren er niet veel die er nog een keer zin in hadden, vooral niet onder degenen die gemobiliseerd konden worden. Om niet onder de wapenen te komen, sloot Ouali zich aan bij wat vakmannen in het maquis die daar om wat voor reden dan ook al lang leefden. Soms kwam hij 's avonds terug – bebaard, vies, knokig, Italiaans machinepistool over de schouder – en sprak hij vol enthousiasme over zijn nieuwe leven en het gemêleerde gezelschap van zijn makkers, waarin gediplomeerden omgingen met struikrovers. Ouali was twee jaar eerder getrouwd en had al twee kinderen, maar over hen had hij het als onvervalst Kabyliër nooit.

Mijn vader zei niets, want de wijze, die menselijk is en dus niet vrij van hartenroerselen, mag ze evenwel niet tonen. Sinds ik getrouwd was, had hij tot stelregel genomen zich nooit met mijn zaken te bemoeien, zich bewust van de generatiekloof en zelfs de frontale botsing van culturen tussen ons. Hij betreurde het echter dat ik geen kinderen had. Welke heilige had hij beledigd, welk gebod van God overtreden om te verdienen dat zijn lijn misschien zou uitsterven? Het bedroefde hem om me te zien vertrekken, maar hij was vooral bang dat ik geen kind zou achterlaten dat mijn sprekende evenbeeld was.

Was het mijn vaders verslagenheid, zelfs al toonde hij die niet, het schreeuwen van mijn moeder, of alleen het vooruitzicht van mijn naderende vertrek? Was het de afkeer van mijn dagelijks leven of juist het verlangen om dat te ontvluchten uit angst dat ik te verdrietig zou worden? Ik weet het niet. Hoe dan ook vond ik het fijn om, zoals Menach in het verleden, mee te doen met de sehja's van Ouali. Daarin was ik trouwens niet de enige. Het willekeurige eind van onze vrijheid dat de aankomende mobilisatie betekende, leek onze levenslust aan te wakkeren.

Ik herinner me vooral de dag van Timechret, het offer dat ieder dorp jaarlijks brengt voor het Kleine Feest. Het was nog te vroeg, maar de sjiech had de dorpelingen bijeengeroepen en de datum verzet naar precies een maand voor ons vertrek.

'Het offer zal God meer behagen als al onze jongeren er zijn,' zei hij. 'We zullen om zijn genade bidden, zodat het hier vergoten bloed het hunne kan afkopen wanneer de kritieke dag aanbreekt waarop de kogels geen respect zullen hebben voor de mens. Laat de vrouwen vanavond naar de bron gaan, zoals op alle feestdagen.'

De sjiech dacht zo het ongeluk te kunnen afwenden. En de hemel zelf leek ons te hulp te schieten met een laag maar zacht zonnetje dat de hele dag scheen. Meteen aan het begin van de middag begon de prachtige optocht van de vrouwen, jong en oud, lelijk en mooi, naar de bron. Nog nooit waren ze met zoveel geweest, maar ze moesten talrijk zijn om het kwaad te onderdrukken en de dreiging te bezweren.

Er was echt iets veranderd in Tasga. Iedereen had zich verzameld, inclusief alle jongeren uit het dorp, zowel die van de groep als die van Taasast, om de optocht voorbij te zien trekken; naast elkaar zaten we op de stenen van het Iepenplein, zonder te praten. Oudjes liepen langs en hielden hun mond. Ze wisten heel goed dat we daar in stilte zaten om de mooie jonge vrouwen te bewonderen, maar wat maakte het uit welke herinneringen we nu nog opsloegen aan deze uithoek waar we waren opgegroeid, tijdens het korte respijt dat ons nog restte?

Ik zat naast Ouali, die speciaal voor het feest was teruggekomen en die uit eerbied zijn ogen neersloeg toen Aazi langsliep in de meest schitterende uitdossing die ik haar ooit had zien dragen. De laatste groep was nog maar net verdwenen of de eerste kwam alweer naar boven lopen. We moesten veel geduld hebben want de terugweg gaat altijd langzamer. De bleke winterzon verliet ons snel en toen de laatste waterhaalsters bij het plein de hoek om waren gelopen, was de avond al over de vallei gevallen.

Sommigen gingen eten. Anderen liepen naar de dorsvloer voor wat voor mij de laatste sehja zou zijn. Ik denk niet dat ik ooit iets zal vergeten van die nacht, waarvan het lange wachten op de koude tegels van het plein slechts de stille opmaat was. Jongeren uit Aourir, herders die waren ingelicht door Raveh, hadden zich bij ons aangesloten: we waren met zovelen dat we van de

dorsvloer uitvloeiden naar de omliggende vijgenboom-
gaarden.

Mouh was sinds kort teruggekeerd uit Bouaddou, alsof hij zich niet kon losmaken van deze akkers waarop
hij zijn jeugd had gesleten. Maar sinds zijn terugkomst
was hij zo pijnlijk stil geweest dat we dachten dat hij alles vergeten was. Voor één avond werd hij echter weer
de Mouh die hij ooit was.

Ik zie hem zo weer voor me, dansend. Ver van het
grote vuur dat we hadden aangestoken en waarvan de
gloed hem vaag deed lijken op de magiër van een of
ander fetisjistisch volk; Mouhs bewegingen waren haast
onwerkelijk, nu eens uitzinnig, als bezeten door een demon, dan weer kalm, alsof hij met een bezwering bezig
was. De vlammen wierpen schaduwen op zijn onbewogen gezicht...

Toen hij klaar was hulde hij zich in zijn wijde boernoes en zonder verder iets te zeggen ging hij net als
vroeger alleen in een hoek tegen een es zitten, als om te
wachten tot de god rustig uit hem trok.

Vlak voor zonsopgang, toen we allemaal doodmoe
waren, ging Mouh fris en vrolijk, alsof hij net was opgestaan, in het schemerdonker op weg naar de bron. Nog
lang hoorden we, naast het wegstervende geluid van
zijn sandalen op de keien in de weg, de deuntjes die hij
speelde alsof er niemand meeluisterde.

We zwegen allemaal om de muziek te kunnen horen die in het blauw van de nacht als de blije stem van
Mouh klonk. Soms bracht de wind ons heel duidelijke
geluiden en soms werden ze juist zo zwak dat we ze niet

meer hoorden, tot ze ineens weer luider werden: de fluit floot uit alle macht onze kant op, waardoor we begrepen dat Mouh een van de hellingen langs de weg op was geklommen en naar ons toe gekeerd stond.

Ik was moe. Ik kon mijn zware oogleden nauwelijks nog openhouden en er stond een koude ochtendwind. Ik moet in slaap zijn gevallen want Menach maakte me wakker met een harde elleboogstoot in mijn zij. Een bleek licht deed de puntige contouren van de bergen aan de horizon vervalen.

Langzaam liepen Menach en ik naar boven. Benito joeg achter zijn eigen staart aan en liep een stukje voor ons uit, draaiend als een tol. De fluit bleef doorspelen alsof niets of niemand hem kon tegenhouden. Eindelijk bereikten we de gezamenlijke deur van ons huis, en Menach wees naar het licht dat nog scheen achter het raam van Akli.

'Is Akli al op?' zei ik. 'Hij is er ook vroeg bij.'

Precies op dat moment verscheen het fraaie profiel van Davda in het venster, dat haar als een kader omlijstte. Davda's haar zat los... Ik moest denken aan een vergelijkbare avond waarop ik op hetzelfde plein Menach had aangetroffen die... Nou ja, laat maar. Vaag keek Davda onze kant uit; ze zag ons niet want we stonden in het donker. Achteloos, alsof ze erg moe was, blies ze de lamp uit en meteen slokte de nacht haar op.

'Nee hoor, zie je, ze moeten nog slapen,' zei Menach geforceerd onverschillig.

'Net als wij in feite.'

Hij pakte mijn arm vast: 'Laten we nog even bij de

moskee onze ogen dichtdoen tot de sjiech komt voor het ochtendgebed. Het is te vroeg om op de deur te kloppen en de geluksvogels wakker te maken... Of te laat,' voegde hij eraan toe met een blik op Akli's raam.

Toen ze die avond na de Timechret van de bron naar huis was gegaan had Davda haar kleding aangehouden. Het begon donker te worden. Haar gezicht, onder de zwarte franjes van haar hoofddoek, was beeldschoon en opgedoft als voor de ourar; ze wachtte op hem. Binnenkort zou ze vertrekken, haar koffers waren al gepakt. Het huis zag er met de kale muren en de kamers zonder meubels uit als een verlaten verblijf.

Menach zou op zijn beurt binnenkort gemobiliseerd worden en niemand wist of hij ooit terug zou komen. Tegenwoordig was hij kalmer, onverschilliger. Zijn blik dwaalde vaak af, dromerig, en had nog maar zelden de valse of vurige glans van vroeger.

Davda was gewend geraakt aan zijn afwisselend stille en opdringerige bewondering, en ze had er nooit genoeg van gekregen. Het verbaasde haar dat ze iedere avond dezelfde roes bleef ervaren, ook al had die eindeloos veel facetten. Ze raakte niet gewend aan die verbeten passie voor haar. Wie te lang dezelfde geur inademt, ruikt die uiteindelijk niet meer. Maar de aanwezigheid van Menach kreeg voor haar nooit de neutrale waarde van alledaagse dingen. Haar hart, haar zintuigen, haar hele wezen was klaar om hem vanavond te ontvangen: ze wachtte op hem.

De avond vorderde. Geen spoor van Menach. Akli

vierde een afscheidsfeestje bij Meddour en zou pas laat thuis zijn. Davda kon slecht tegen het groeiende misnoegen dat ze voelde. Waar bleef hij? Een langzame pas, de koetspoort die opendraaide met krakende scharnieren, het getik van een stok: het was mijn vader die thuiskwam na het laatste gebed in de moskee. De mogelijkheid dat hij verstek liet gaan was des te ondraaglijker omdat ze niet wist wie ze dan de schuld moest geven. Ik kan hem toch niet verwijten dat hij niet is gekomen, dacht ze.

Ze wilde geloven dat ze zich mooi had gemaakt voor Akli en het lukte haar bijna. Een dof geluid. Ze sprong op. Meerdere keren hetzelfde gebonk. Ze keek naar waar het geluid vandaan kwam: een door het licht verblinde vleermuis bleef halsstarrig tegen het raam vliegen. Log liet Davda zich op bed vallen.

Ze ijsbeerde door de kamer en ging bij het minste geluidje de deur opendoen, met een zogenaamd onbewogen gezicht. Nog steeds niks. Ze was gespannen, onrustig, zag zijn afwezigheid als een daad van ontrouw, een knauw voor haar gevoel van eigenwaarde. Maar haar rustige egocentrisme kreeg al gauw weer de overhand en toen ze bij het raam ging staan en heel Tasga zag, badend in het zachte en blauwige nachtlicht, wachtte ze oprecht op Akli, in de volle overtuiging dat ze altijd alleen op hem had gewacht. Bovendien begon ze slaperig te worden.

De vleugels van de toegangspoort kraakten langzaam. Davda haastte zich naar het raam. 'Ik hoop dat dat Akli is,' zei ze hardop, zodat degene die binnenkwam haar kon horen.

Het was inderdaad Akli maar.

In de bundel licht die uit het raam viel, herkende Davda zijn nauwkeurig geknipte snor, het geometrische patroon van zijn witte wollen chechia. Waarom knipt hij zijn snor toch zo, en waarom altijd die witte, wollen chechia, vroeg ze zich af.

Hij klopte aan. Ze deed niets. Hij riep haar, maar ze antwoordde niet. Akli dacht dat ze sliep en begon harder te bonzen; hij riep haar koosnaampjes, zei nietszeggende dingen waarvan hij dacht dat ze lief waren. Uiteindelijk kwam ze langzaam overeind, draaide de sleutel om en ging weer zitten waar ze zat. Akli opende zelf de deur; een fluitdeuntje kwam uit de verte met hem mee naar binnen.

'Hé, je hebt je roze jurk aan,' merkte hij op. 'Die van zevenduizend frank.'

Altijd alles beoordelen op basis van wat het heeft gekost, dacht Davda. Ze zag de wazige blik van Menach voor zich, die haar in haar mooie uitdossing van top tot teen in zich opnam; ze zag dat hij zo dicht bij haar kwam staan dat hij haar lichtjes aanraakte, waarna hij zei: 'Ik heb een Marokkaanse uit Taza in dezelfde kaftan gezien, maar hij stond haar anders dan jou. Misschien komt het door de hoofddoek...' En zijn blik zou boekdelen spreken.

Akli hield een lange monoloog.

Ze luisterde niet, ze hield haar oren gespitst voor de geluiden buiten. Iedere voetstap, iedere gongslag, ieder vertrouwd geluidje kende ze zo goed dat ze precies kon horen wat er gebeurde. Ze wist hoe het klonk als hij de deur openzwaaide en hem weer dichtsloeg, soms met een schop, maar ze hoorde hem niet thuiskomen.

En nog steeds die irritante fluit. Wie zou er zo laat 's nachts nog in zijn eentje muziek maken? De kleilamp boven het raam doofde langzaam. Akli die ter ontspanning 'even was gaan liggen' op de rand van het bed lag hard te snurken.

Het fluitspel werd wild, met nagalmen die buitensporig hard klonken in de nacht, en Davda herkende ineens het lievelingsdeuntje van Mouh: 'Mon basilic'. Meteen wist ze zeker dat híj ook bij de groep was, dat het fluitspel voor hem bedoeld was en dat hij er ergens naar zat te luisteren, misschien zelfs vlak ernaast. Ze had zin om haar hoofd uit het raam te steken en naar de fluitspeler te roepen dat hij moest ophouden; hij zou haar horen, dat stond vast: zijn fluitmuziek bereikte haar immers ook. Maar Akli lag daar languit.

'Trouwens,' zei ze, 'waarom is die knaap eigenlijk teruggekomen? Sinds zijn terugkeer heeft hij nog geen klap uitgevoerd, behalve fluitspelen. Morgen kan Akli het er met Ramdane over hebben. Die herder moet naar huis worden gestuurd.'

'Hè?' zei Akli, wakker geschrokken. 'Wat zeg je?'

'Niks. Dat je slaapt, en vast mooie dromen hebt.'

'Ja, ik was even ingedut.' En hij draaide zich weer om.

Davda stond langzaam op om het vlammetje van de lamp uit te blazen. Met een sissend geluid viel de zwarte lont in de olie. De duisternis omhulde haar.

Harde stoten tegen de buitendeur. Benito. Hij jankte in de nacht, krabde tegen de deur, jankte opnieuw en piepte. Ze moest zich inhouden om niet open te doen en zo bleef ze tot het ochtendgloren zitten, in vol ornaat, geparfumeerd, de ogen wijd open in het donker, de handen in elkaar gehaakt achter haar hoofd, tevergeefs wachtend tot ze de punt van een wilgenstok tegen de zware essenhouten deur hoorde stoten en luisterend naar het smekende gejank van Benito en het verwarde geroep van haar gekrenkte hart.

Menach en ik sliepen zo diep dat we de sjiech niet naar binnen hadden horen gaan, waardoor we pas wakker werden toen hij de eerste oproep tot het ochtendgebed van boven uit de minaret de wereld in stuurde.

Die avond hadden we nog naar de dorsvloer willen gaan, maar dat kon niet omdat Mouh, waarschijnlijk ziek geworden van zijn drukdoenerij in de nacht, de hele dag niet was opgestaan. Bovendien had ik van alles te doen, want de bladzijden in mijn dagboek, normaal gesproken leeg, waren in de laatste maand allemaal volgeschreven.

6 december – *Mijn vader heeft me vanmorgen via de sjiech laten weten dat ik, aangezien ik voor God weet hoelang wegga (en de sjiech zal wel gedacht hebben: misschien voor altijd), Aazi moest verstoten en meteen opnieuw moest trouwen. Ik heb geweigerd. Toch gaat het in de bergen zo en niemand die er iets van zegt.*

De sjiech beweert dat hij het er al met Tamazouzt over heeft gehad en dat mijn vrouw er niet op tegen is.

Aazi is er niet op tegen? Is het mogelijk dat zoveel

huichelachtigheid het hart binnendringt van onze lieve echtgenotes, van onze beminde wederhelften? Heb ik me zolang en zo zwaar kunnen vergissen?

Waarom niet? Is het niet juist omdat ze geen nee heeft gezegd dat Aazi haar gesprek met de sjiech onvermeld heeft gelaten? Bovendien is haar redenering heel begrijpelijk: nu het zeer goed mogelijk is dat ik ergens in Frankrijk of Duitsland voer voor de raven word, moet ze zo snel mogelijk een nieuwe man kunnen vinden en ik denk dat het voor een wezen dat haar ziel op haar huid draagt, zoals al onze echtgenotes, beter is om de vrouw van een levende werkman te zijn dan de weduwe van een dode held.

Menach had gelijk toen hij ooit zei... (Hier volgt in moeilijk te ontcijferen Berberschrift een medische definitie van de vrouw die weinig flatterend is voor het zwakke geslacht...)

7 december – *De tyfusepidemie die in de lager gelegen gebieden heerste en waarvan wij tot nu toe gespaard zijn gebleven, begint in de bergen om zich heen te grijpen en in Aourir is al melding gemaakt van zes gevallen. Alsof de oorlog alleen niet genoeg was!*

Davda heeft Akli ervan weten te overtuigen dat ze het kwaad moeten ontvluchten voordat het Tasga bereikt, en dus vertrekken ze ondanks de risico's en de gevaren onderweg morgen naar Aïn-Beida.

Hoewel Davda te pas en te onpas roept dat ze Akli als een ezel gezadeld heeft, moet ze nu de buikriem wel strak hebben omgedaan en flink hebben aangetrokken.

9 december – *Akli is gisterochtend in zijn Plymouth vertrokken, Menach heeft de nacht doorgebracht met de groep en volgens hem was Mouh er niet bij. Onze herder heeft koorts. Hopelijk is het geen tyfus!*

De sjiech blijft aandringen. Hij is bij Lathmas langs geweest en die gaat akkoord met een scheiding. Zo dochter, zo moeder: in haar ogen ben ik waarschijnlijk al dood, dus ze is me liever kwijt dan rijk. Volgens de sjiech sterft mijn vader van verdriet als ik niet van mijn vrouw scheid.

Aazi doet in ieder geval aan morele chantage en probeert me bevattelijk te maken of een tederheid aan te wakkeren waarvan ze denkt dat ik die niet meer heb door het steeds weer over Sekoura te hebben. Het is nu vijf maanden geleden dat Kou bevallen is van haar vijfde kind en Aazi vindt dat het, nu Akli er niet meer is, mijn beurt is om Ibrahim te helpen. Waar bemoeit ze zich mee?

Het ging namelijk helemaal niet beter bij Sekoura. Een paar weken voor haar bevalling had ze tegen Ibrahim gezegd: 'Ik neem de kinderen mee en ga een paar dagen naar mijn vader. Ik heb hem lang niet gezien en ik denk dat mijn moeder mijn hulp goed kan gebruiken met al het werk. Jouw moeder doet hier het huishouden wel.'

Sekoura loog, ze ging weg zodat haar man wat minder monden te voeden had. Ibrahim wist het. Sekoura wist dat Ibrahim het wist en Ibrahim wist dat zij dat ook wist. Ja, zo zat het. Nu ze al lang samen waren, al lang soms mooie maar meestal moeilijke tijden met elkaar deelden, bleef geen van hun meest intieme gedachten voor de ander verborgen, maar hielden ze elkaar toch soms voor de gek, puur voor de vorm, want ze beseften allebei heel goed dat de ander wist hoe het zat.

Ibrahim bleef alleen achter met zijn moeder: twee monden was weinig en zijn moeder, die van de oude stempel was, at zelfs bijna niets. Maar de duivel mengde zich erin. Ibrahim herinnerde zich dat Idir onder zijn mooie, witte, door Sekoura gemaakte boernoes enkel nog vodden droeg. Hij moest voor het hele gezin gandoura's kopen: het kleine beetje geld dat hij had kunnen sparen tijdens de afwezigheid van zijn vrouw ging eraan op.

Toen Sekoura terugkwam, met wangen die roder en voller waren, was Ibrahim blij haar te zien, al moest hij haar dezelfde avond nog meedelen dat de situatie onveranderd was sinds haar vertrek. Sekoura haalde wat biljetten tevoorschijn die ze bij haar vader had verdiend door wol te spinnen voor anderen, maar nu kon ze in haar toestand niet meer werken.

Twee dagen later werd ze 's nachts wakker door hevige pijnen in haar buik en zette ze haar vijfde kind op de wereld zonder hulp van buitenaf. Ibrahim durfde Na Ghné niet te laten halen omdat hij haar niets kon geven; en een dokter was al helemaal niet aan de orde. 's Morgens vroeg kwam Na Ghné, gewaarschuwd door de waterhaalsters, haar toch bezoeken.

Om Sekoura snel weer op krachten te laten komen, deed Ibrahim wat iedereen in zo'n geval zou doen. Hij kocht flinke hompen vlees, boter en eieren, maar omdat Akli er niet meer was, moest hij opnieuw aankloppen bij de chef, die hem met een zogenaamd zachtere blik in zijn blauwe ogen twee dagen later vertelde dat zijn broer nu echt niet meer te vermurwen was en weigerde hem nog iets geven tegen minder dan dertig procent. Ibrahim had geen keuze.

Deze keer vroeg Ibrahim een groot bedrag, want hij vond dat hij zich voor deze geboorte wel drie dagen rust moest gunnen, drie dagen waarop hij, vrij van de afstomping door het werk en de herhaling van een reeks mechanische en eenvoudige handelingen die al zijn aandacht opeiste, nog ongelukkiger was dan gewoonlijk omdat hij alle tijd had om de grote armoede in zijn leven te zien. Opgelucht ging hij daarna weer aan het werk en hij betreurde de honderdvijftig frank die hij verloren had op de dagen waarop hij niets had gedaan.

De chef was hem neerbuigend gaan behandelen. Hij vernederde hem om niets en liet hem voor de ogen van de anderen de smerigste klussen doen.

Een doffe woede tegenover zoveel onrechtvaardigheid van het lot en van de mensen kolkte in Ibrahim. Hij luisterde steeds minder naar Sekoura en deed geen moeite meer om aardig tegen haar te zijn. Bij zijn thuiskomst 's avonds deed hij zwijgend zijn sandalen van rundervel uit, schudde er log de rode aarde af die aan de riemen plakte en ging alleen bij het vuur zitten. Wanneer Idir of Meziane naar hem toe kwam, duwde hij het kind zacht weg met zijn arm.

De wangen van Sekoura waren weer hol geworden, de kleren van de kinderen weer vies. Ibrahims moeder klemde haar dunne, naar binnen gekeerde lippen waar geen tanden achter zaten weer op elkaar; vrijwel iedere avond gaf ze nu de kinderen haar deel van de couscous, waar ze geen olie meer in deden.

Boven op dat alles kwam de belasting op hun akker, hun schamele olijfgaardje en hun huis, dat tenminste nog stevig was, al waren zelfs daarvan de acht dakpannen die aan de noordkant door de wind waren weggerukt nog steeds niet vervangen. En dan was er ook nog de wegenbelasting. Die betaalde Ibrahim liever direct met het werk van zijn handen dus daar ging hij, vier lange dagen in de zon zweten en stof happen zonder er iets voor te krijgen, zelfs niet de vijftig frank die ervoor zorgde dat hun armoede niet hun dood betekende. De rest wilde Ibrahim eigenlijk helemaal niet betalen. De *caïd* dreigde hem in de gevangenis te laten gooien.

De chef bood weer aan hem te helpen, terwijl hij verzuchtte: 'Ik doe het echt voor jou, want ik weet zelf niet eens hoe ik het zelf voor elkaar moet krijgen om de overheid te betalen. Het zijn zulke zware tijden en de regering is oppermachtig.'

Er moest weer met de broer worden overlegd. Deze keer sloeg Ibrahim het aanbod af, hij was nog liever de overheid geld schuldig.

Drie dagen later werd hij van de werkplaats weggestuurd wegens luiheid en wangedrag. De chef liet Amirouch, de verklikker van de werkplaats, hem zijn ontslag geven. Hij kreeg er tweehonderd frank bij, het salaris voor de afgebroken werkweek.

Met de vijftig frank die hij vol schaamte, onderdrukte woede, rugpijn en stijve spieren had verdiend, hadden ze zich nog een buikkrampen veroorzakend schurend mengsel van wat meel met een heleboel zemelen kunnen veroorloven. Maar hoe moesten ze nu verder, nu zelfs die schrale kost hun ontnomen was?

Op advies van zijn moeder leerde Ibrahim bidden en vaak richtte hij vijf keer per dag zijn gezicht naar Mekka om voor de welwillende God de Arabische woorden van het gebed uit te spreken, die hij niet begreep.

Kort daarna verliep de termijn van zijn eerste biljet. Ibrahim kon niet betalen – maar de chef was begripvol. Ze kwamen overeen dat ze de rente zouden optellen bij de hoofdsom en een nieuw biljet zouden opstellen dat drie maanden later zou aflopen, tegelijk met de tweede lening, en om de broer van de chef niet te boos te laten worden wanneer hij over deze concessie zou horen verhoogden ze de rente over het gehele bedrag naar dertig procent.

Ibrahim scharrelde met van alles zijn kostje bij elkaar: op de markt gekochte en doorverkochte vodden, eieren die zijn moeder verhandelde en wol die Sekoura weer voor anderen was gaan spinnen. Ze hadden nu soms meerdere dagen niets of nauwelijks iets te eten. Sekoura moest zich opnieuw tot Aazi wenden, die, hoewel ze wist dat ze niets meer van me hoefde te verwachten, toch probeerde me gevoelig te maken voor het lot van Kou, onze oude vriendin van Taasast.

Op een dag had Ibrahim echter bijna op slag rijk kunnen worden, of in ieder geval voor enige tijd.

's Avonds laat was Raveh hem komen halen op het plein. Meteen had Raveh gezegd dat hij een klus voor hem had, maar Ibrahim vond dat hij verdacht voorzichtig deed, want voordat hij iets zei keek hij overal om zich heen om er zeker van te zijn dat er niemand anders op het Pelgrimsplein was. Uiteindelijk nam hij Ibrahim mee naar de moskee, waar ze 'rustiger konden praten'. Wat een onzin. Het was immers heel laat, iedereen sliep al.

Inderdaad bleek het een ernstige aangelegenheid, want nadat Raveh de stevige van houtsnijwerk voorziene deuren van de moskee had gesloten en er een zware kei voor had gelegd, vertelde hij dit: Oumaouch en Ouelhadj waren twee families uit Mouhs stam die sinds jaar en dag vijanden van elkaar waren om redenen die ongetwijfeld ernstig waren maar die niemand zich nog herinnerde.

Kelsouma, de vrouw van Ouelhadj, stond tot in de wijde omtrek bekend als een beeldschone vrouw.

'Ja, ik heb haar weleens gezien,' zei Ibrahim, 'die reputatie is helemaal terecht.'

Ze stond ook bekend als iemand die absoluut niet onbesuisd was, maar alleen God kent de waarheid. Ouelhadj verdacht haar er in ieder geval vaaglijk van dat ze vooral heel mooi probeerde te zijn voor Oumaouch, wiens akker aan de zijne grensde. En dus besloot hij het kwaad te voorkomen, zelfs zonder dat hij zeker wist hoe het zat.

Op een dag ging hij naar de markt, waar hij noten, pinda's en koekjes kocht, die hij allemaal in een grote blauwgeruite zakdoek stopte, waarna hij een homp vlees aanschafte en bij een herder een dode slang haalde, en die avond nog nodigde hij Oumaouch uit om op een laat tijdstip te komen eten. Laatstgenoemde dacht dat het een idee van zijn vriendin was, om haar man tegelijkertijd voor de gek te houden en gerust te stellen, en kwam naar de afspraak.

Hij ging aan de tafel zitten, waarop al een grote schaal couscous klaarstond. Ze wachtten op het vlees. Het duurde lang. Ouelhadj werd ongeduldig en stond op om zelf het vlees te halen. Toen hij terugkwam had hij zijn geweer bij zich, waarmee hij Oumaouch tussen de schouders schoot. Daarna pakte hij de geruite zakdoek en legde die, met alles erin, bij het bebloede lichaam.

Nadat het schot had geklonken, waren alle buren naar buiten gekomen, sommigen gewapend en op alles voorbereid. Ouelhadj legde uit dat hij een slang had gedood die zich op het dak van zijn huis had verschanst; hij liet hem zien en iedereen ging terug naar huis. Daarna haalde hij zijn hele familie erbij, aan wie hij het lijk toonde, met de verklaring dat Oumaouch die avond naar zijn vrouw was gekomen met slechte bedoelingen, zoals de zakdoek die naast hem lag wel aantoonde. Er werd een familieoverleg gehouden en ze besloten dat Ouelhadj, om het gerecht om de tuin te leiden, pas later zijn vrouw zou doden. Vervolgens legden ze het lichaam voor de deur van de familie Oumaouch, wat ze luidruchtig genoeg deden om iedereen wakker te maken. Zodra ze door alle lichtjes en stemmen begrepen dat er mensen uit bed kwamen, maakten de Ouelhadjs zich uit de voeten. Voor justitie was er zo geen enkel hard bewijs dat Ouelhadj de moordenaar was, terwijl het voor iedereen in het dorp en van de stam juist wel duidelijk was dat Ouelhadj zijn eer had gewroken.

De volgende dag nodigde de familie Oumaouch de

dorpelingen uit voor de begrafenis van een hunner, die naar haar zeggen was bezweken aan een schorpioensteek. Iedereen bood zijn condoleances aan voor het spijtige ongeluk.

De rechter, gewaarschuwd door een anonieme brief, mengde zich echter toch in de zaak. Er kwamen gendarmes onderzoek doen. Het lijk werd opgegraven en de arts kon meteen aantonen dat Oumaouch door een kogel om het leven was gekomen. Het halve dorp moest voor het gerecht verschijnen. Het was onmogelijk om ook maar iets duidelijk te krijgen over deze geschiedenis, die iedereen tot in detail kende.

Verder trok Oumaouchs broer Azouaou zich geen snars aan van de uitkomst van het onderzoek omdat hij toch de ene dood met een andere moest vergelden.

Zogenaamd om zijn schulden te kunnen aflossen, maar in werkelijkheid om even uit beeld te zijn, ging Ouelhadj straatventen in de Arabische landen. Zo kon hij een tijdje ver weg zijn van de vendetta, en vervolgens, wanneer de moord op Oumaouch zou zijn vergeten, terugkeren om zijn vrouw te doden en de wraak te voltooien.

Azouaou zat ondertussen niet stil. Om Ouelhadj koud te maken schakelde hij liever een derde partij in, zodat hij een alibi had voor het geval dat justitie de zaak zou onderzoeken. Ouelhadjs vertrek zag hij als een grote meevaller, want als zijn vijand in een Arabisch land zou omkomen, kon niemand nog beweren of bewijzen dat hij de moordenaar was, aangezien hij in Kabylië zat. Er moest dus snel gehandeld worden. Een maquisard uit zijn dorp had hem naar de grote Ouali verwezen, maar die zei vooralsnog nee tegen deze klus, waar hij helemaal geen zin in had. Azouaou had gehoord dat een zekere Raveh uit Tasga veel invloed kon uitoefenen op Ouali en was gekomen om zijn hulp te vragen. Raveh had er geen oren naar om Ouali te laten veroordelen tot levenslange dwangarbeid, omdat hij hem zelf altijd goed kon gebruiken, maar hij had er wel genoeg van om zes van de twaalf maanden per jaar om te komen van de honger, zoals hij het zei. De beloning waar Azouaou heel discreet gewag van had gemaakt als hij iemand zou vinden, wilde hij niet mislopen en daarom had Raveh gedacht aan Ibrahim, die net zo berooid was als hij, maar die een gezin te eten moest geven en dus meer haast had.

Nauwelijks was Raveh klaar met zijn verhaal of Ibrahim stortte zich op hem en greep hem bij de keel. Even dacht Raveh dat zijn dagen waren geteld, zo hard kneep hij. Uiteindelijk lukte het hem met veel moeite om de grote kei die voor de deur lag met zijn voet weg te duwen, waarna hij die opende en er snel vandoor ging. Terwijl hij het Pelgrimsplein overstak suisde langs zijn oren de stok die Ibrahim hem achterna wierp. 'Jood!' riep Ibrahim, 'Weduwzoon!'

En Raveh verdween van het plein.

Zodra Raveh zag dat Ibrahim niet meer achter hem aanzat, liep hij snel de hoek om bij de moskee. Met zijn stok deelde hij een flink pak slaag uit aan de honden die er lagen te slapen en die vervolgens jankend afdropen.

'Die imbeciel van een Ibrahim zal creperen als een geplukte kip,' zei hij. 'Stomme ellendeling met een geweten!'

Op het Pelgrimsplein stootte hij ineens tegen een lichaam dat hij niet had zien liggen.

'Laat God je verblinden,' mompelde de man, die meteen weer in slaap viel.

'Hou je bek,' zei Raveh woest, en hij schopte de slaper tussen zijn gespreide benen. De enige reactie was een dof gesnurk.

Raveh vervolgde zijn weg, af en toe 'Imbeciel!' herhalend.

Hij liep snel. Toen hij op het Iepenplein kwam, in het lager gelegen deel van Tasga, was daar niemand te bekennen. Afwezig luisterde hij naar het zachte en monotone geluid van de rivier beneden in de vallei. Jammer dan, dacht hij, de klus zal toch door Ouali moeten worden geklaard, ook al is die eigenlijk geschikt voor veel grootsere plannen. Hij wikkelde zich in zijn boernoes en ondanks de bittere kou die hem in het gezicht en de voeten beet, ondanks de honger die hem bleef teisteren omdat hij de hele dag nog niet had gegeten en die barbaar van een Ibrahim hem niet eens iets had aangeboden, viel hij snel in slaap.

Raveh wist dat Ouali niet bepaald gelukkig was met Daadi, zijn vrouw. Ouali's ervaringen als jonge jongen, die weinig divers of devoot waren geweest, hadden hem tot de conclusie gebracht dat alle vrouwen volwaardige of aanstaande prostituees waren, dat er niet één bestond die niet bereid was haar lichaam en zelfs haar ziel, als ze die al had, te verkopen voor een lap stof, een fles parfum of het matige genoegen van smakeloze vleierij. Overtuigd als hij was van dit kwaad, had hij er ook de oplossing voor gevonden, namelijk het lichaam van onze metgezellinnen dusdanig afmatten dat er geen greintje fantasie overbleef in hun geest, en omdat hij ooit iemand tegen een oude man had horen zeggen dat de Profeet in het paradijs iedere keer lachte wanneer een moslim hier op aarde zijn vrouw sloeg, had hij van die bewering zijn stokpaardje gemaakt en van dat principe een regel.

Als consequent aanhanger van die theorie hield hij zich met Daadi strikt aan de regels en sloeg hij haar vrijwel dagelijks, soms tot bloedens toe.

Raveh, een verstokte vrijgezel, wist dat allemaal. Hij wist ook dat Ouali altijd alleen sliep wanneer hij Daadi geslagen had, niet uit empathie, maar omdat hij zoals hij zelf zei niet de indruk wilde wekken dat hij toegaf. Hij had echter een temperament dat lange abstinentie moeilijk maakte. Gedurende de drie maanden waarin Ouali bijna dagelijks de Profeet in het paradijs aan het lachen had gemaakt, stookte Raveh slinks een verlangen op waarvan hij wist dat het onbevredigd bleef. Iedere dag weidde hij tegen zijn vriend uit over de overigens waarachtige schoonheid van Kelsouma, de vrouw van Ouelhadj omwille van wie Oumaouch vermoord was.

'Ik laat het water van een kristalheldere en koele bron stromen voor de ogen van een dorstige die het water in een modderige poel nog zou drinken,' zei Raveh tegen zichzelf.

Raveh had zijn beslissing snel genomen toen hij 's morgens bij dageraad werd gewekt door hoefgetrappel op het Iepenplein. Dezelfde dag nog vertrok hij in de avondschemering naar de plek in het bos waarvan hij wist dat hij Ouali daar zou aantreffen. Pas de volgende ochtend vroeg bereikte hij die. Ouali was er niet; hij was als speciaal afgezant in Rebeval geweest en zou pas twee dagen later terugkomen, twee dagen die Raveh doorbracht met Ouali's vrienden en in omstandigheden die hem deden besluiten om nooit bij het maquis te gaan, ook al nodigde Ouali hem voortdurend uit.

Toen Ouali terug was, praatte Raveh op hem in over Kelsouma en dezelfde avond nog gingen ze, allebei verkleed als taleb, op weg naar het dorp van de Oumaouch. Ze gingen onder een grote es, met takken die over de weg naar de bron hingen, zitten. Zodra het ochtendgloren aanbrak trokken de eerste vrouwen voorbij, van alle leeftijden en in een bonte stoet, met kleien kruiken of blikken jerrycans. Kelsouma liep pas vlak voor zonsopkomst langs.

Ouali was diep onder de indruk. Zodra Raveh haar had aangewezen, ze liep vóór een oud gerimpeld vrouwtje – een lange vrouw met een rechte, haast onbeweeglijke rug, luchtig gekleed in een kleurige jurk –, zodra hij haar blanke, perfect gewelfde arm had gezien, die wel een verlengstuk leek van het handvat van haar kruik, zodra hij het geluid van haar warme stem had gehoord, viel hij stil. Met grote ogen keek hij naar die haast onwerkelijke verschijning op de frisse lenteochtend, alsof het een visioen was dat zomaar kon vervliegen. Ze liep langs, glimlachte, zei gedag. Alleen Raveh antwoordde. De grote Ouali bleef verstijfd staan, met zijn mond vol tanden.

Voordat ze de bocht om ging in de weg een stukje verderop, draaide Kelsouma zich nog een keer om en glimlachte.

Toen pas ontwaakte Ouali uit zijn droom. Onder zijn witte talebboernoes greep hij naar de colt die hij er verborgen hield en hij kwam overeind.

'Kom,' zei hij tegen Raveh. 'De bron is die kant op. Het is nog net niet licht.'

Raveh greep hem bij de stof van zijn boernoes.

'Waar ga je naartoe?'

'We moeten haar inhalen voordat ze bij de bron is en zolang er verder niemand op de weg is.'

'Ben je gek geworden? We zijn vreemdelingen hier.'

Het koste hem grote moeite Ouali tegen te houden. In de hoogte klonk al het geluid van hoefgetrappel en wegrollende keien: de eerste boeren die naar hun akkers gingen. Raveh en Ouali moesten zich weer voorzien van hun plankje met koranverzen die ze niet konden lezen, het oude Arabische boek waarvan ze de titel niet eens kenden, hun voorraadkist en hun ernstige talebgezichten.

Raveh wilde meteen teruggaan, maar Ouali weigerde te vertrekken zolang hij Kelsouma niet nog een keer had gezien op haar terugweg van de bron. Ze moesten zich verschuilen in een hut vol hooi, vanwaar ze de voorbijgangers konden bespieden.

Al snel kwam Kelsouma terug, nog altijd in het gezelschap van het oude vrouwtje. Uiterst roekeloos en Ra-vehs tegenwerpingen negerend liep Ouali de hut uit. Hij stevende op de weg af. Kelsouma, belast, liep langzaam. Met de kruik op haar hoofd hield ze haar bovenlichaam stil, terwijl haar onderlichaam heen en weer bewoog op het trage en gestadige ritme van haar pas. Ouali ont-waarde haar slanke taille.

Toen ze vlak bij hem waren, sprong hij op de weg.

'Moeder,' zei hij tegen het oudje, 'ik kom van ver en ik heb dorst. Zou ik misschien wat water mogen?'

Terwijl hij dat zei verslond hij met zijn ogen Kelsou-ma die hem, geenszins van haar stuk gebracht, glimla-chend aankeek.

'Wacht maar, moeder,' zei ze, 'je hebt niet genoeg wa-ter. Ik geef de vreemdeling wel te drinken.'

Ze liet de kruik zakken tot op haar knie. 'Hier, het is koud.'

Door de beweging die ze maakte om de kruik op te tillen, viel haar jurk een stukje open. Ouali stapte met smachtende lippen op haar af. Langzaam dronk hij het water waar hij eigenlijk helemaal geen trek in had.

'Toe maar,' zei Kelsouma,' wat een dorst heeft u, vreemdeling.'

'Ik heb de hele nacht doorgelopen, zuster, en ik moet nog een hele dag.'

'Moge God je bijstaan,' zeiden de vrouwen in koor.

Toen hij Kelsouma hielp de kruik weer op te tillen, streek Ouali langs de elegante welving van haar arm. Hij dacht dat hij flauwviel. Toen hij niet meer duizelig was, waren de twee vrouwen al op het pad naar boven verdwenen. Gelukkig was er verder niemand op de weg.

Toen hij terugkwam bij Raveh trof hij die lijkbleek aan, alsof hij net koorts had gehad. Om niet te worden gezien, vertrokken ze over de akkers. Opnieuw liepen ze de hele dag door en pas tegen de avondschemering kwamen ze in de buurt van Tasga. De hele tocht lang probeerde Raveh Ouali's trage geest voor te bereiden.

'Begrijp je mijn plan? Kelsouma kan alleen helemaal de jouwe zijn als ze je vrouw wordt. Met het geld dat je verdient als je Ouelhadj laat verdwijnen, kun je een feest geven en trouwen met Kelsouma, die dan weduwe zal zijn. Ah, ah, ah!' En hij lachte hard.

'Maar Daadi dan?' waagde Ouali.

'Ga je nou gevoelig doen over een vrouw? Je bent toch een echte man, een maquisard? Ze kan naar de duivel lopen, die Daadi!'

'Ik bedoel vooral de kinderen.'

'Dan geef je haar de keuze. Als ze bij haar kinderen wil blijven, mag ze blijven; één mond erbij maakt niet zoveel uit. En als ze weg wil, des te beter, weer een zorg minder.'

Ouali keek wazig voor zich uit. Raveh begreep dat hij besluiteloos was en dat hij in zijn trage hoofd zijn gedachten maar moeilijk op een rijtje kreeg. Hij gaf uitleg en argumenten, probeerde hem over te halen, maar Ouali hield zijn hoofd gebogen en leek op een onzichtbaar obstakel te blijven stuiten, tot hij ineens zei: 'Dat vindt hij nooit goed.'

'Wie?' vroeg Raveh verbaasd.

'*Vou-tamart*, de Baard.'

De Baard was Ouali's leider. Met dat obstakel had Raveh geen rekening gehouden, want de Baard zou inderdaad nooit akkoord gaan. Niet omdat hij gewetensvol was, zoals Ibrahim. Nee, de Baard was op een andere manier gestoord, een soort gek die zomaar op een zondag, zonder enige aanleiding, zijn school had verlaten. Hij was ook thuis niet komen opdagen en zijn ouders hadden zich grote zorgen gemaakt, tot hij op een dag via Ouali had laten weten dat alles in orde was, dat het goed met hem ging en dat het hem aan niets ontbrak; verder bedankte hij hen hartelijk voor alle moeite die ze tot dan toe voor hem hadden gedaan en wilde hij graag dat ze vanaf dat moment zouden doen alsof hij hun zoon niet meer was omdat zij voor hem in ieder geval niet meer bestonden, aangezien hij zijn leven ging wijden aan iets wat een te lang verhaal was om uit te leggen.

Dus hoe moest zo'n man iets snappen van de situatie met Oumaouch? Je hoefde trouwens maar naar hem te kijken. Daar had Raveh de afgelopen tijd alle gelegenheid toe gehad: lang postuur, knokig gezicht (je zag goed dat ze weinig te eten hadden in het maquis, en dan was hij zelfs nog een leider), een tienerachtige uitstraling, ondanks zijn zwarte ringbaard en diepliggende donkere ogen, en vooral een afwezige, verstrooide blik, een schijnbare gedachteloosheid, alsof hij voortdurend een innerlijke droom aan het najagen was. Nee, dat had geen zin, Raveh had genoeg mensenkennis om te weten dat de Baard het verhaal van Ouali afwezig zou aanhoren, rustig maar onherroepelijk nee zou zeggen en vervolgens zou terugkeren naar wat hij in zijn dromen aan het doen was, ver weg van Raveh, Ouali, Oumaouch, ver weg van Tasga en ver weg van alles.

Dus greep Raveh snel in: 'Daadi? De Baard? Waarom niet meteen de bei van Tunis of de keizer van Indië? Zeg maar gewoon dat je bang bent.'

Ouali's gezicht werd donker. Raveh voelde dat hij te ver was gegaan.

'Het is al goed,' zei hij, 'Ik had niet...'

'Morgen ga ik naar de stam van Oumaouch,' onderbrak Ouali hem, waarna hij opstond en vertrok.

Sinds een paar dagen was Mouhs toestand verslechterd. Hij at bijna niet meer en klaagde voortdurend dat zijn hoofd op ontploffen stond. We moesten hem naar boven halen van onze akker Aafir en een jonge herder aanstellen om het vee te hoeden. Maar in welke kamer konden we hem kwijt? Alle vertrekken in ons huis waren bezet en bovendien waren we bang dat Mouh tyfus had en ons dus misschien, als we hem vlak bij ons zouden onderbrengen, allemaal zou besmetten. Daarom stelde mijn vader voor hem in Taasast te installeren, waar nu potten die we niet gebruikten, kapotte of versleten meubels en allerlei andere oude spullen stonden opgeslagen waar we niets meer aan hadden omdat ze te gammel waren of gewoonweg, zonder duidelijke reden, waren vervangen. We waren er al heel lang niet meer geweest en hadden Taasast nooit meer geopend, Aazi en ik vanwege een stilzwijgende afspraak en de anderen omdat ze er nooit behoefte aan hadden gehad. Bovendien bewaarde Aazi, als ze hem nog had, de enige sleutel.

Voor één keer waren mijn vrouw en ik het erover eens dat we mijn vader moesten overtuigen het niet te doen, maar hij was er doof voor. Toen Aazi en ik uiteindelijk dan maar overstag gingen, vertrok ze om de sleutel te halen. Ze bleef heel lang weg en uiteindelijk kwam ze ons vertellen dat ze hem nergens meer kon vinden. We moesten Mouh onderbrengen in de kamer van Idir, die sinds een paar dagen verdwenen was.

Gisteren rond middernacht kwam Ouali bij ons langs. Hij zag eruit als een krijger, met zijn Italiaanse machinepistool, zijn sandalen van runderleer zoals de boeren die bij ons dragen, en zijn puntsnor. Twee van zijn kameraden waren met hem meegekomen.

Hij begon me net uit te leggen wie zijn twee kameraden waren toen we de hakkelende stem van Mouh hoorden.

'Is hij nog steeds ziek?' vroeg Ouali.

'Ja.'

'Mag ik hem zien? Ik weet dat ik veel van je vraag, Mokrane, maar ik heb geen keus, hij is altijd een goede vriend geweest en in het leven dat ik leid moet je pakken wat je pakken kunt.'

'Natuurlijk,' zei ik, 'ik breng je naar hem toe.'

We lieten de twee kameraden, die sinds hun aankomst hun mond niet één keer geopend hadden, achter bij het vuur en Ouali liep achter me aan naar Idirs kamer.

Zachtjes duwde ik de deur open.

Ouali deed zijn zaklamp aan, zocht in het donker naar het bed en richtte toen de lichtbundel op Mouh. Met een schok deinsde hij terug. De zieke lag op zijn rug, zijn hoofd achterover geknikt tegen het kussen. Hij was graatmager, zijn dunne lijf was nauwelijks zichtbaar onder de dekens. Zijn mond hing open en alle trekken van zijn gezicht waren stijf, glad en onbeweeglijk als in het gelaat van een dode, maar dan zonder sereniteit: zijn gelaat was pijnlijk vertrokken, moeilijk om aan te zien. Tot overmaat van ramp had Mouh zijn ogen dicht, zijn ogen die dat vermoeide, gekwelde gezicht ooit juist zoveel charme hadden gegeven.

Uit zijn mond kwam gebrabbel, al herkenden we soms toch wat woorden, meestal de namen van doden uit onze familie, van wie sommigen al lang geleden waren gestorven. Onze herder riep ze steeds weer en wanhopig aan één stuk door, alsof geen van hen hem antwoord wilde geven.

Ouali, die zich geen houding wist te geven en vooral ontdaan was om dat ooit zo mooie gezicht nu zo verwrongen te zien, begon te roepen: 'Mouh, Mouh, goedenavond, Mouh.'

Maar in plaats van te antwoorden, riep Mouh mannen en vrouwen aan die we niet kenden. Ouali voelde zich ongemakkelijk, stootte de medicijnflesjes om die netjes op het nachtkastje stonden en stelde gauw voor om weer te gaan. Even was Mouh stil. Maar toen we bij de deur stonden begon hij weer lang en wanhopig de figuren uit zijn nachtmerries aan te roepen.

Nog voor de ochtendschemering maakte Ouali me wakker. Hij moest gaan. De regen ruiste nog steeds monotoon en onverstoorbaar door. Hoewel we er alles aan deden om niemand wakker te maken, kwam al gauw mijn vader tevoorschijn.

Terwijl Ouali en zijn kameraden zich klaarmaakten, ging hij even bij Mouh in de kamer kijken. Vrijwel meteen kwam hij weer terug.

'Je moet de dokter halen,' zei hij tegen me. 'Hoe eerder, hoe beter. Doe je kamelenharen boernoes aan, zadel de ezel en vertrek zo snel mogelijk.'

De kolonistenarts woonde achttien kilometer bij Tasga vandaan. Het was nog donker en de regen die sinds een dag eerder onophoudelijk was gevallen had ongetwijfeld alle wegen slecht begaanbaar gemaakt. Maar ik moest ernaartoe, Mouhs toestand was nog meer verslechterd.

'Als je snel bent, Mokrane, kunnen we samen reizen,' zei Ouali. 'Wij moeten ook die kant op.'

Ik ging binnen mijn dikke, bruine boernoes halen. De lamp in mijn kamer was bijna opgebrand. Bij de open haard zat Aazi rechtop te slapen met haar hoofd en schouders tegen de muur geleund. Ze had vast bij het vuur zitten wachten tot ik zou thuiskomen en was in slaap gevallen. Zachtjes opende ik de grote essenhouten kist, haalde mijn boernoes onder een stapel dekens vandaan en sloop de kamer uit.

Mijn vader had onze twee muilezels al gezadeld. Meteen namen we de weg naar het noorden, vol losse keien en gaten van de regen. We liepen lange tijd zonder iets te zeggen, Ouali voorop met zijn vinger aan de trekker, ik in het midden en de andere twee achteraan. Toen de ochtend begon te gloren zag ik bij een bocht Ouali's gestalte ineens verdwijnen in de bosjes langs de weg. Ik draaide me om: de andere twee waren er ook niet meer; ik hoorde alleen nog drie stemmen die gedag zeiden en me bedankten voor mijn gastvrijheid van de afgelopen nacht.

De dokter wilde eerst niet meekomen 'in dit hondenweer'. Hij verzekerde me dat gezonde mensen zich vaak zinloos druk maken over de toestand van een zieke met wie het in feite helemaal niet zo slecht gaat. Ik moest veel details geven en aandringen; uiteindelijk kreeg ik dokter Nicosia zo ver dat hij me geloofde, maar ondanks mijn inspanningen vertrokken we pas na ruim twee uur, die de dokter naar eigen zeggen nodig had om zich thuis voor te bereiden.

In de hardnekkig doormiezerende motregen reisden we terug. Drie uur later kwamen we tegen het middaguur aan in Tasga. De straten waren leeg. Tijdens de hele tocht had de dokter maar één keer zijn op elkaar geklemde tanden van elkaar gehaald om te grommen: 'Godvergeten pestweer!'

Vlak bij het plein trof ik onder onze grote koetspoort de kleine herder die Mouh had vervangen ineengedoken aan. Hij rilde en dikke tranen rolden over zijn wangen.

'Heb je het koud?' vroeg ik.

'Nee,' zei hij, terwijl hij hardnekkig mijn blik vermeed. Ik pakte zijn kin vast. 'Kijk me aan.'

Heel kort keek hij me aan met de vochtige blik van een geslagen hond en ineens was ik bang dat ik wist wat er aan de hand was. Ik keek om me heen: nergens iemand in huis, een doodse stilte, afgezien van het zachte getrippel van die irritante regen. Toen wist ik het zeker, Mouh, mijn vriendje Mouh van de At-Chaalal, zoals de kinderen zeiden, was niet meer.

Zonder me verder om de kleine herder te bekommeren begeleidde ik de dokter meteen naar de kamer waar ik de zieke Mouh had achtergelaten. De hal was afgeladen met mannen en vrouwen die in stilte stonden of zaten. Slechts twee of drie van hen keken langzaam op toen de dokter langsliep.

'Ik denk dat we te laat zijn,' zei meneer Nicosia.

Aan het bed waarin Mouh zijn eeuwige slaap sliep stond mijn vader zacht en monotoon de *sjahada* te herhalen: geen God dan God en Mohammed is zijn Profeet. Naast hem hield mijn moeder haar wijsvinger tegen haar lippen gedrukt terwijl ze door haar andere hand haar bidsnoer liet gaan. Aazi huilde stilletjes.

Mijn vader bedankte de dokter dat hij met dit slechte weer de moeite had genomen te komen en wendde zich vervolgens tot mij: 'Ga middageten met meneer Nicosia en ga met je muilezel Mouhs moeder halen uit Bouaddou, zodat ze haar zoon, als hij hier begraven wordt, nog één keer kan zien. Meneer Nicosia kan naar huis gebracht worden door de jonge herder.'

De stam van de Bouaddou is bijna veertig kilometer van ons vandaan gevestigd. Ik moest Menachs muildier nemen, omdat de herder en de dokter de onze nodig hadden.

Het regende niet meer, maar de kou was nog bijtender dan 's ochtends. Dikke hagelstenen vielen op de capuchon die mijn hoofd helemaal bedekte en rolden over mijn boernoes naar beneden. Ik moest een paar keer onderweg afstijgen om mijn benen te strekken, omdat de kou naarmate ik dichter bij de bergen kwam feller werd. Toen ik tegen de avond eindelijk Mouhs dorp zag opdoemen dansten er trage en eenzame sneeuwvlokjes door de lucht.

Mouhs moeder Tasadit, een gerimpeld oudje, krom gebogen over een knoestige stok, wilde meteen vertrekken. Ik legde uit dat ik uitgeput was en dat we met deze kou onmogelijk 's nachts konden reizen. Toen wilde ze zonder mij gaan en moest de hele buurt erbij worden gehaald om haar ervan te overtuigen dat ze beter tot de volgende dag kon wachten. 's Avonds moest ik wel tien keer het verhaal vertellen over de ziekte en de dood van haar zoon, waarbij ze me het ene moment scheldend verweet dat ik niet eerder was gekomen en het andere moment mijn hand kuste omdat ik haar ervan verzekerde dat het haar zoon bij ons nooit aan iets had ontbroken en dat hij zo gelukkig als wat was geweest. Af en toe hield ze op met praten en ging ze kermend bij het vuur staan, haar oude bovenlichaam van voren naar achteren bewegend en haar vingers tegen haar droge ogen gedrukt.

Ik sluimerde en was te uitgeput om de slaap te vatten. Meerdere keren werd ik wakker en steeds zag ik in mijn halfslaap hetzelfde mechanische heen en weer gaan van het bovenlichaam van het oude vrouwtje, terwijl ik heel zacht het geluid van haar diepbedroefde stem hoorde.

Voor zonsopgang maakte ze me wakker, waarna ze

de deur opendeed en meteen weer terugkwam, in haar handen klappend van wanhoop. Ik snelde toe: buiten lag bijna anderhalve meter sneeuw, we konden onmogelijk vertrekken.

Mouhs moeder kneep haar vuisten samen en riep dat ze toch op weg zou gaan, al zou ze worden bedolven onder de sneeuw. Met moeite kreeg ik haar tot bedaren. Het verdriet van de oude vrouw was afschuwelijk. Ik besloot alles voor haar te doen wat ik kon. In het dorp woonde een veertiger die, voordat hij zich definitief in zijn huis had teruggetrokken, lange tijd voor mijn vader had gewerkt. Het was een boom van een vent met rossig haar, die bekendstond om zijn lengte en zijn kracht. Ik zocht hem op en vroeg of hij met mijn muilezel de moeder van Mouh naar mijn huis kon brengen. Hij zei dat het hem plezier zou doen mijn vader weer te zien.

Ze vertrokken in de loop van de ochtend en lieten mij alleen achter in Tasadits huis, met slechts een kleine voorraad voedsel. De eenkamerwoning, waar de wind de hele dag naar binnen blies door de spleten rond de deur (de ramen waren afgestopt met proppen oude lappen) was een heus ontmoetingspunt voor tochtstromen. Ik stookte een vuurtje maar al snel stond het vertrek blauw van een dikke, verstikkende rook, waardoor de tranen me in de ogen sprongen. Af en toe zette ik de deur, waar de rook van buitenaf naartoe werd getrokken, een stukje open voor wat frisse lucht.

Iedere dag nam ik me voor de volgende dag te vertrekken, maar de sneeuw bleef traag en gestaag vallen. In de korte periodes waarin het droog was, piepte de wind door de spleten van de deur mijn oren binnen met een soms zalvende en soms gejaagde stem.

Ondertussen lukte het me om wat vrienden te maken in de buurt, vooral een oude vriendin van Tasadit, die eenvoudigweg met haar hond bij me was ingetrokken in mijn nieuwe onderkomen om het huishouden te doen. Overdag hakte ik hout, roosterde ik zoete eikels en hielp ik haar water te halen; 's avonds ging ik naar de familie van mijn vaders vroegere herder, waar we laat opbleven en oude verhalen vertelden.

Binnen de kortste keren leidde ik heel vanzelfsprekend hetzelfde leven als de mensen bij wie ik te gast was, alsof ik vanaf mijn geboorte bij hen was geweest. Zelfs hun accent en de vreemde wendingen van hun dialect nam ik over.

Ik hoorde van hen dat er ondanks de sneeuw een dag eerder een andere man uit mijn stam was aangekomen. Hij zei dat hij Mohand of Chabane heette. Op een avond wezen ze me hem aan toen hij over het plein liep, maar eerst zag ik hem niet goed, omdat hij een lange bruine djellaba aanhad die tot op zijn enkels viel; zelfs de rand van zijn capuchon had hij tot heel ver voor zijn gezicht getrokken, waardoor ik hem moest roepen: 'Kameraad met de bruine jas.'

'Ja,' antwoordde hij zonder op te kijken.

'Wees welkom.'

Hij kwam naar me toe, hield zijn capuchon een stukje omhoog zodat ik net kon zien dat het Ouali was, maar toen ik hem wilde begroeten, gebaarde hij snel dat ik stil moest zijn, waarna hij hardop zei: 'Ik hoor aan je accent dat je uit mijn streek komt, maar ik ken je niet. Ik ben Mohand of Chabane uit Aourir.'

'En ik Mokrane uit Tasga.'

'Ik was onderweg om graan te halen bij de Arabieren aan de andere kant van de bergen toen ik overvallen werd door de sneeuw. Zodra die gedooid is, reis ik verder. Hopelijk zie ik je voor die tijd nog.'

Daarna liep hij weg. 's Avonds, toen ik hem alleen tegenkwam, vertelde hij me eerlijk dat hij voor Ouelhadj was gekomen.

Zo leefde ik ruim een week. Met smaak at ik van de eenvoudige gerstcouscous die de oude vrouw voor me maakte om mijn door de kou aangewakkerde eetlust te stillen, en de gekleurde wollen dekens waar ik me 's avonds op de grond in wikkelde voelden zacht aan. Slechts heel af en toe werd mijn geluk verstoord door de herinnering aan Mouh, die zijn hele kindertijd hier had doorgebracht, want ik probeerde juist alle spoken op afstand te houden en alle herinneringen te wissen terwijl ik dat gewone leven leidde, met die eenvoudige en plompe boeren om me heen en midden in de natuur met haar harde kanten, waarvan ik ook genoot. Des te gemakkelijker kon ik vergeten dat er ergens een plek was met mensen met wie ik onlosmakelijk verbonden was, en een wereld vol aanzienlijke bedreigingen en moeilijkheden waarin ik ook verwikkeld zou raken.

Na een week smolt de sneeuw grotendeels en waren de wegen weer begaanbaar. Gedurende twee weken was ik in deze uithoek van de bergen alles vergeten en in de laatste week was ik iedere avond mee naar de bron gegaan om water te halen, dat ik op de ezel van de oude vrouw met wie ik bevriend was geraakt laadde. Verder verzamelde ik dan twee of drie armenvol hout dat we gebruikten om te koken en ons warm te houden.

Toen ik op de veertiende dag tegen het middaguur mijn grauwtje aan het zadelen was, kwam het dier dat Tasadit naar Tasga had gebracht net terug. Mijn vader had Tasadit niet willen laten gaan voordat alle sneeuw gesmolten was. Ze was bij ons gebleven, waarbij mijn moeder had aangedrongen: 'Je kunt zolang blijven als je wilt, tot je laatste ogenblikken zelfs, dan zullen we je naast Mouh begraven.'

Die dag nog moest ik ons muildier naar huis terugbrengen. Na het middageten vertrok ik onder de lentezon. Mijn vrienden uit het dorp wilden me per se gezelschap houden en lieten me pas gaan toen we bij de grens van hun stamgebied waren, waar ze me een voorspoedige reis wensten.

Er was veel gebeurd tijdens mijn afwezigheid. Aazi was niet in huis; mijn vader zei alleen dat hij haar vanwege haar vermoeidheid naar haar moeder had gebracht zodat ze een beetje kon uitrusten; het leek me onwaarschijnlijk dat mijn vrouw zich kon verpozen bij Lathmas, die een verre van comfortabel leven had en nauwelijks rond kon komen, maar mijn vaders beslissingen waren onherroepelijk. Verder werd Aazi bij haar moeder tenminste met rust gelaten; ik nam me voor haar later een bezoek te brengen.

Mijn tweede mobilisatiebevel was tegelijk met dat van

mijn vrienden gekomen. De ironie wilde helaas dat ook Mouhs bevel nog naar ons huis was gestuurd.

Maar Mouh was heengegaan van deze wereld waarin mensen oorlog met elkaar voeren. Hij was bij ons begraven, ondanks de wens van zijn streekgenoten, die hem op hun schouders naar zijn geboortedorp hadden willen dragen. Hij kreeg de begrafenis die hij verdiende, nooit eerder liepen er zoveel jongeren mee in een lijkstoet: achter de voorste rijen van maraboets en oudjes die het dodenlied psalmodieerden, dromden ze samen en vochten ze om de zware massief eikenhouten kist waarin het tengere lichaam van Mouh lag opgebaard. Het was alsof ze allemaal met elkaar hadden afgesproken, want iedereen die onze herder goed of minder goed kende van de nachtelijke sehja's wilde erbij zijn. Sommigen waren zelfs van de andere kant van de rivier gekomen. Zelfs Ouali en Idir maakten heel even hun opwachting. Ze bleven niet lang, uit vrees gezien of gehoord te worden door verklikkers. Het gebruik bij ons wil dat de sjiech, alvorens hij het gebed begint, de bedekking van het gezicht van de dode afneemt zodat zijn vrienden en alle levenden hem nog een laatste keer kunnen zien. Toen onze sjiech het doodskleed wilde pakken waaronder Mouh lag, ontstond er een ware stormloop. Zonder enig gevoel voor fatsoen liepen de jongeren de oudjes omver. Ouali, Menach, Raveh en Idir stonden het dichtst bij en wilden niet plaatsmaken voor de anderen; ze konden hun ogen niet van de lijnen in het door de dood verharde gezicht afhouden. Mouhs ogen waren gesloten, maar zijn gelaat was ondanks zijn lijdensweg nog even bekoorlijk. Allemaal wilden ze blijven, zodat ze op zijn minst dit beeld van Mouh konden houden, want ze wisten dat de sjiech het doodskleed straks terug zou leggen en de roerloze sculptuur voorgoed onder een sluier zou verbergen. Hun leven lang zouden al zijn vrienden hem zo voor zich zien, sereen, rustig en ontspannen, en nooit zouden ze bedenken dat alles van hem, tot zijn ogen aan toe, tot stof was geworden, of as, of wormenprooi.

De dagen verstreken en ik was nog steeds niet bij Aazi geweest. De avond voor mijn vertrek had de sjiech me uitgenodigd voor het eten. Zonder genade voor de vermoeidheid die mijn oogleden deed dichtvallen, zonder erbij stil te staan dat ik een goede nacht slaap nodig had om de volgende dag uitgerust te kunnen vertrekken, sprak mijn gastheer me tot diep in de nacht toe. Dankzij de talloze koppen koffie die ik dronk, wist ik over mijn slaap heen te komen en toen ik aandachtig naar de sjiech kon luisteren, merkte ik dat hij zichzelf overtrof. Ik raakte gebiologeerd door zijn wijze, afgemeten, innemende en overtuigende, maar in feite ook bedrieglijke redenaarskunst. Die avond hield hij waarschijnlijk de mooiste toespraak van zijn leven, of in ieder geval de meest sprankelende die ik ooit van hem had gehoord en toen hij klaar was bleef ik nog lang naar hem zitten kijken, helemaal in de ban en betoverd.

Zijn hele oratie had ten doel mij uit te leggen dat Aazi niet alleen naar Lathmas was gegaan om te rusten, zoals mijn vader had gezegd om me niet te kwetsen, maar ook als officieel en waarschijnlijk definitief vertrek. Het was beter dat ik daar vóór mijn nieuwe mobilisatie van op de hoogte was.

Ik bedankte de sjiech en ging weg, doodmoe en duizelig van wat ik net had gehoord, erdoor gekweld dat Aazi kennelijk zonder tegenzin was vertrokken.

Samen met Menach en Meddour was ik ingedeeld bij het eerste regiment tirailleurs in Blida. Ouali moest zich aansluiten bij het zevende in Sétif, maar de caïd kon hem zijn oproep niet geven omdat hij al lange tijd niet meer was gesignaleerd, of in ieder geval niet door de caïd. In feite was hij niet meer in de bergen en volgde hij zuidwaarts het spoor van de beproevingen van straatventer Ouelhadj.

Dat hoorde ik allemaal pas later, toen ik terugkeerde uit Tunesië. Kort na onze aankomst in Blida waren we namelijk naar het oosten gestuurd, waar de Amerikanen probeerden de troepen van Rommel tegen te houden.

Ik zat bij de ondersteuningscompagnie. Met gewone espadrilles aan de voeten, een Franse broek, voor de ene helft Franse jassen en voor de andere helft Amerikaanse, een helm, een kwartiermuts of een chechia op het hoofd, afhankelijk van de persoon en wat er toevallig voorradig was, marcheerden mijn schutters drie maanden lang dapper en in doffe ellende tegen de troepen van het Afrika Korps. We aten waar en hoe we konden, behalve wanneer we dankzij een gelukkig toeval in dezelfde sector terechtkwamen als een Amerikaanse eenheid: dan stalen de mannen wat ze niet kregen en moest ik door de vingers zien dat sommige bepakkingen ineens onverklaarbaar dik waren geworden.

Alles bij elkaar verloor ik slechts twee mannen, een grote gebruinde kerel uit het zuiden die omkwam toen hij probeerde zijn manschappen te redden, en een korporaal eerste klasse die vrijwillig een patrouille leidde om wat missers goed te maken en nooit terugkeerde. De tirailleurs waren zo verpauperd dat het hele bataljon na drie maanden tijd moest worden teruggehaald om hun uitrusting te verbeteren. Ik kwam afgebeuld terug. In die drie maanden had ik een veel dunner lichaam gekregen en ik was van top tot teen in Amerikaanse kleding gestoken sinds ik een complete tenue van een Amerikaanse officier had bemachtigd in ruil voor een fles cognac.

Bij mijn terugkomst was er niks veranderd. Burgers hadden het over de campagne in Tunesië, met een stille of openlijke voorkeur, alsof ze een partijtje bridge volgden. Geen moment had ik de indruk dat ze begrepen dat er doden vallen in een oorlog en uiteindelijk begonnen mijn makkers en ik ons af te vragen of wij het misschien waren die droomden.

Ik had heel veel zin om te horen hoe het met alles en iedereen ging. Tijdens mijn drie maanden in Tunesië had ik maar twee keer een antwoord op de vele brieven die ik had gestuurd ontvangen, overigens van weinig betekenis. Bij aankomst vond ik mijn post in het kantoor van het bataljon, bij de infanteriebrigade die ik in het begin had verlaten, in de officiersmess en zelfs bij de kwartiermeester. De meeste brieven waren van mijn vader en herhaalden dezelfde vurige oproep tot God, die leven geeft en neemt, dezelfde trouwe overgave aan de bevelen van Hem, wiens oppermacht sinds mensenheugenis iedere lotsbestemming heeft uitgetekend.

Ik wilde graag rust, niet omdat ik zo moe was, maar omdat ik zo genoeg had van het tergend regelmatige leven dat vooral draaide om het opvullen van leegtes. Eerlijk gezegd was ik er niet op gebrand om naar Tasga te gaan en ging ik liever naar Aïn-Beda, waar Akli Menach en mij juist had uitgenodigd, in een brief waarin ik veel te vaak de ideeën en zelfs de woorden van Davda herkende. Hoe dan ook wilde ik op de laatste dag van mijn verlof mijn ouders bezoeken in Tasga.

De knoop had ik nog niet echt doorgehakt toen ik een brief ontving uit mijn dorp maar waarvan ik het handschrift niet herkende. Er stonden geen datum en geen aanhef op. Het schrift was kinderlijk en onhandig. De handtekening ontbrak.

Het gaat goed met ons. Wij hopen met jou ook. Ja, ik schrijf je. Ik weet dat het verkeerd is en dat je in je hart zult zeggen: kijk, die vrouw is slecht en met haar was ik getrouwd, maar ik moet je nu schrijven. Je bent soldaat. Ik weet niet of je terugkomt. Iedere dag bid ik tot God en Sidi-Ahmed, de zoon van Malek, dat je terugkomt, maar in mijn hart ben ik altijd bang en daarom schrijf ik je.

Je moet niet zeggen: zij is een slechte vrouw. Waarom schrijft ze me terwijl ze mijn vrouw niet meer is? Als je vader het wist, zou hij me vermoorden, maar hij weet het niet. Mijn man, over zes maanden, of vijf als God het wil, krijg ik een kind.

Overal om mij heen begonnen talloze muezzins met zachte stem de oproep tot het gebed te herhalen. In de verte kleurde de vlammenzee waarin de zon onderging paarsrood; ik moest steun zoeken bij de moerbei die op de droogplaats stond.

Maar steeds vraag ik God of als jou iets overkomt, dat ook met mijn kind gebeurt. Ik weet dat je me voor de rest van je leven verstoten hebt, maar kom in ieder geval levend terug.

Ik ben je vrouw niet meer. Dus ik heb er niets meer over te zeggen, maar je hebt de neiging niet genoeg aan te trekken als het koud is. Het is geen winter, maar 's nachts ben je bang dat je het koud krijgt. Je moet genoeg kleren aantrekken.

Al meer dan veertig dagen zeg ik tegen mijn hart: ik ga hem schrijven. In mijn hoofd heb ik van alles bedacht om op te schrijven, nu ben ik het vergeten.

Ik weet dat je me geen antwoord zult geven, want je houdt niet van me; zelfs niet toen ik bij jullie woonde. Nu beteken ik niets meer voor je, maar dat maakt niet uit.

Over acht dagen is het feest. Jij zult het in de kazerne vieren met de Iroumien, maar daarna zul je, als God het wilt, veel feesten samen vieren met je vader, je moeder en Menach.

Ik ga niet meer naar de bron. Mijn vriendinnen lachen me uit omdat ik geen man heb. Vrijdag was ik er met Tasadit. Met alle anderen erbij zei Daadi tegen me: waarom doe je zo trots terwijl je niet eens een man hebt? Ik heb haar aan haar haren getrokken. De hele nacht heb ik gehuild.

Als je terugkomt, verbrand deze brief dan en vergeet

alles. Als je niet terugkomt, vaarwel. Ik zal heel veel van
je zoon of je dochter houden, als God het kind behoudt.
Ik zal niet trouwen. Mijn moeder wil dat ik trouw, maar
ik niet, want jij bent mijn man niet meer.

Daar stopte de brief abrupt. Het handschrift dat eerst
netjes en regelmatig was, werd steeds slordiger. De laatste
zinnen gingen lukraak op en neer, soms met veel ruimte
ertussen en soms bijna over elkaar heen geschreven.

Staat die verkreukelde brief die ik zo vaak herlezen
heb ook vol leugens? Is het mogelijk dat Aazi zo ver weg
en terwijl ze niet eens weet of ik terugkom doorgaat
met toneelspelen? Maar voor wie? Waarom? Is dat de
toon van een verdoemde ziel?

Plotseling vrees ik dat ik een fout heb begaan die in
mijn huidige situatie misschien niet meer ongedaan kan
worden gemaakt, want hoe vaker ik Aazi's woorden lees,
hoe duidelijker ik een beeld voor me zie dat ik al lang
vergeten was, het beeld van de verloofde van de nacht.

De verloofde van de nacht. In een ver verleden toen
we nog 'die van Taasast' waren.

Menach, die besliste wie er aan de beurt was om te
dansen, ging op Aazi af.

'Jouw beurt, verloofde van Ouamer.' (Want Aazi zou
zich toen misschien verloven met Ouamer, een jonge-
man uit haar streek).

'Ik ben niemands verloofde,' zei ze, 'ik ben de verloofde van de nacht.'

En ze strekte haar armen uit alsof ze het blauw van de
nacht, de zachtheid alom wilde omhelzen.

'Ik ben de verloofde van de nacht en op een dag zal

ik naar de rivier gaan, wanneer de maan al hoog aan de hemel staat. Ik zal stroomopwaarts lopen tot in de bergen, en overal waar het rivierwater stilstaat zal ik halt houden en mijn vriendinnen, alle andere verloofden van de nacht, roepen. Zo zal ik dat doen.'

En Aazi stopte haar vingers in haar oren en hief in de raamopening een vreemde, modulerende roep aan, met de stem van iemand die een treurig lied zingt of huilt. Ze ging lang door, alsof degenen die ze aanriep ver weg waren, zo ver weg dat ze haar misschien niet konden horen. Menach deed haar na met een rare, afgeknepen en schorre stem, onderbroken door gehoest en gekreun, maar Idir hield roerloos zijn blik op Aazi gericht en zei koortsachtig: 'En daarna, en daarna?'

'Daarna komen ze een voor een bij hun bron vandaan en uit het bos. Ze zijn bleek en schrijden traag. Allemaal dragen ze witte sluiers en ze kijken me aan zonder iets te zeggen. Met een glimlach pakken ze mijn hand vast, maar ze zwijgen. Ze lopen achter me aan langs het water, en het water is mooi 's nachts, helder en mooi, het glanst onder de maan en fluistert en ik begrijp het water en mijn vriendinnen, de andere verloofden van de nacht, begrijpen het ook.

We lopen door zolang de maan tussen de sterren blijft en de bergen komen dichterbij en wanneer de rode maan vóór ons uit de hemel op de bergen tuimelt en de duisternis ons omhult, keren mijn vriendinnen en ik terug, want we zijn bang en op de plek waar ik ze geroepen had, gaan we weer uiteen.'

Aazi schreed voor onze ogen over de zandoever; ze

stapte voort met al haar sluiers, volgde langzaam de loop van de rivier, riep haar vriendinnen, strekte haar ranke vingers, waarover het maanlicht danste, naar hen uit, begeleidde de hele nacht die processie van witte vrouwen, hield haar blik op de maan die achter de rotsen verdween gericht; ze maakte de kamer donker door de luiken voor haar raam te sluiten; slechts een dun streepje licht viel door een spleet naar binnen en maakte er vaaglijk onze silhouetten zichtbaar, en Aazi, die heen en weer ging tussen het donker en het licht, zag eruit als een tovenares; haar gouden armbanden straalden flets in de duisternis en haar gelaat, bleek in het spaarzame licht, had de verstarde sereniteit van de mummies van dode goden.

Toen de maan verdween verkrampte Aazi's mooie gelaat; ze opende haar armen, spreidde haar vingers en deinsde geschrokken terug voor iets wat wij niet konden zien; de verloofde van de nacht was bang in het donker. Ze riep een schrille angstkreet om haar vriendinnen te laten vluchten. Nog even en ze zou flauwvallen. Idir, die schrijlings op een omgekeerde stoel zat, met zijn armen over elkaar op de rugsteun waarop zijn kin rustte, sprong overeind: 'Verloofde van de nacht, wees niet bang! Ik bescherm je!' Een weerbarstige lok haar sloeg vanonder zijn witte wollen chechia tegen zijn voorhoofd en ogen.

'Is het een mens of een beest, de vijand die je achtervolgt? Als het een demon is, laat hem dan een vorm durven aan te nemen zodat ik korte metten met hem kan maken.'

Terwijl hij dat zei greep Idir mijn lange liniaal en begon er in het wilde weg mee om zich heen te slaan. Steeds als hij in het schijnsel kwam dat door het raam naar binnen viel lichtte mijn liniaal op als een sabel. De demon was nu zo goed als zeker afgeslacht.

'Verloofde van de nacht, waar ben je?'

En hij zocht in de duisternis naar Aazi om haar te beschermen, maar zij had zich teruggetrokken in het donkerste hoekje van Taasast.

'Raak me niet aan, ik ben de verloofde van de nacht; niemand mag me aanraken. Overdag besta ik niet, dan ben ik Aazi, maar 's nachts ben ik de verloofde van de nacht en praat ik met de rivier en de wind. Niemand mag me aanraken, behalve mijn vriendinnen, de rivieren en de wind, want zodra de dag ten einde loopt, word ik de verloofde van de nacht.'

'Laat mij met je meelopen langs het water, onder de grote olmen. Pak mijn hand, je hoeft niet bang te zijn voor het donker. Ik zal met jou de stille vijvers zien, de dennen langs de rivier, het water en de bronnen, wit of bleek. Ik zal je vriendinnen met je aanroepen, en wanneer we de wind tegenkomen, zul je me leren met hem te praten. We zullen de bergen in gaan en wanneer de rode maan verdwijnt achter de rotsen, zullen we doorlopen, hand in hand. Vanuit de hoogte zullen we de hele streek overzien, aan beide zijden van de bergen, en daar in de hoogte zal het geen nacht meer zijn. Kom, laat me met je meelopen.'

'Raak me niet aan, ik ben de verloofde van de nacht en de nacht is jaloers, hij verslindt de verloofden die hem ontrouw zijn, en wie 's nachts langs de rivier loopt, kan de treurende geesten zien van degenen die hij al verslonden heeft.'

Het spel was voorbij, maar ik zie Idir nog voor me, terwijl hij Aazi strak en toch afwezig aankeek, alsof mijn avontuurlijke vriend langzaam onder de grote olmen achter Aazi aan liep naar een wereld die zij, zo dwaas, had opgeroepen.

Nog heel lang noemden we Aazi de verloofde van de nacht. Sindsdien heb ik door de uitbarstingen van mijn moeder, de stiltes van mijn vader en de toespraken van de sjiech een ander beeld van haar gekregen, maar haar brief bracht de spoken uit het verleden weer naar boven en gaven me zin om net als Idir in die tijd te roepen: 'Verloofde van de nacht, waar ben je?'

Hoe meer ik erover nadenk, hoe duidelijker en groter mijn dwaling in mijn ogen wordt, want wat kan ik mijn vrouw eigenlijk precies verwijten? Onze gewoonten? De roddels? Het geklaag van mijn moeder? Ach! Waarom nemen gedane zaken geen keer?

Maandenlang heb ik dit schrift dicht gelaten omdat ik niets te melden had. Het enige dat ik in die tijd deed was wachten op mijn verlof, maar eerst waren de vriendjes aan de beurt en daarna de vrienden van de vriendjes, er kwam geen eind aan. Vandaag, 29 oktober, terwijl ik het al niet meer verwachtte, ben ik aan de beurt. Net op tijd, want Aazi krijgt haar kind in november.

Ik heb Menach geschreven om te vragen of hij tegelijk met mij verlof kan nemen. Ouali zal er zijn, en Idir en misschien ook Meddour, want sinds er steeds grotere eenheden scheep gaan naar Italië wordt iedereen met verlof gestuurd.

Ik wil per se nog een laatste keer mijn dorp Tasga zien en mijn vader, de sjiech, Na Ghné, Kou. Ook Aazi zal ik opzoeken, wat er ook gebeurt, om alles te zeggen wat ik al zolang heb verzwegen en haar te vragen op me te wachten (het is niet anders, deze oorlog zal niet eeuwig duren), of goed voor ons kind te zorgen als ik niet terugkom, zelfs als ze hertrouwt.

Aazi opnieuw getrouwd? Over die mogelijkheid wil ik niet eens nadenken; ik kan niet aan de gedachte wennen.

Mijn hart, mijn hoofd, mijn zenuwen doen pijn als ik eraan denk en ik vermoed dat de stenen of de aarde waaronder ik zal liggen omhoog zullen komen van postume jaloezie als ik op een dag onder de aarde zou ontdekken dat een andere man... Nee, dat kan niet...

Hier houdt Mokranes schrift op. De laatste dertig bladen stevig glad papier zijn onbeschreven. Alleen op de achterkant is met potlood een verwrongen gezicht van een vrouw getekend; eronder een woord in Berberschrift, dat bijna niemand kan lezen, mogelijk een vrouwennaam. Maar iedereen bij ons kent het verhaal van Mokrane en kan u de vreemde afloop ervan vertellen.

In Algiers, waar Mokrane, Menach en Meddour elkaar zouden treffen om samen naar Tasga te reizen, waren drommen verlofgangers.

Ze hoorden dat de eerste sneeuw, al was het maar een

dun laagje, in de bergen was gevallen en dat de weg naar Tasga op drie plekken was geblokkeerd door grondverschuivingen. De sneeuw dreigde alle toegangswegen onbegaanbaar te maken.

Ze besloten via Maillot naar Tasga te gaan. Bij de pas van de Kouilal wilden ze de bergen oversteken: men had hun ervan verzekerd dat de laatst gevallen laag sneeuw niet meer dan tien centimeter dik was, ook in het gebergte, en dat die overigens bijna overal alweer gesmolten was.

Dus namen ze de trein naar Maillot, waar ene Arezki hun aanbood ze mee de pas over te nemen in zijn busje, dat hij blijkbaar goed verborgen had weten te houden, want alle voertuigen waren gevorderd. Arezki hield zijn stuur vastgeklampt en schold hard op de rotsblokken op de weg die hen nu eens naar links en dan weer naar rechts slingerden. Om zich warm te houden zaten ze dicht tegen elkaar aan. Alleen Menach zat in een hoekje zachtjes te zingen. De anderen zwegen, zogenaamd omdat ze het koud hadden, maar eigenlijk omdat ze beter naar hem wilden luisteren, want hij had een mooie stem, maar Arezki draaide zich naar hen om en riep in het Frans: 'Hé, zanger, in gódsnaam, bek dicht!'

Door de wind en de regen vingen ze alleen flarden op van wat de chauffeur zei, het ene moment schreeuwend hard en het andere nauwelijks hoorbaar. Bij iedere hobbel gaf hij met zijn bulderende stem weer een paar respectabele heiligen op hun duvel. De hemel was helemaal betrokken en dikke wolkpartijen dreven boven de bergen met grote snelheid voorbij. Ze hadden nog niet ver gereden toen de chauffeur luid foeterend de auto stilzette. Een aardverschuiving blokkeerde de weg over een afstand van zeker tien meter. Verdergaan was geen optie.

'Hup, stap maar weer in,' zei Arezki, 'Ik breng jullie terug.'

Allemaal liepen ze terug naar de auto, behalve Mokrane, die langzaam met zijn rug tegen de helling van stenen ging zitten.

'Hé, Mokrane,' zei hij, 'ik weet dat het uitzicht heel mooi is hier, maar je kunt beter over een maand terugkomen. We gaan nu weg.'

'Weggaan is een beetje sterven,' zei Meddour.

Hopend op bijval voor wat in zijn beleving een prachtige opmerking was, keek hij om zich heen. Niemand leek hem te hebben gehoord. Teleurgesteld ging hij in de auto zitten.

'Kom op, Mokrane, we zijn zo al nat genoeg!'

Hij kwam niet van zijn plek. Was het de kou of de fysieke uitputting van de afgelopen twee zware dagen? Hij had een gelukkig makend en onomkeerbaar besluit genomen: niets zou hem tegenhouden om tot het eind door te gaan; hij wist niet zeker of hij Tasga ooit zou bereiken, maar hij ging het proberen...

De anderen snapten er niets van: 'Je bent gek!'

Eerst somden ze allerlei argumenten op: het was zelfmoord, hij zou de bergpas niet overleven, de Kouilal zou ondergesneeuwd raken. Maar hij gaf geen antwoord. Dus toen ze zijn vriendelijke, gelukzalige en verbeten glimlach zagen, besloten ze dat hij niet meer voor rede vatbaar was en grepen ze hem vast om hem te dwingen in de auto te stappen. Hij verzette zich wild, trapte, beet en sloeg in het wilde weg om zich heen naar iedereen die bij hem in de buurt kwam. Zodra ze hem loslieten, glimlachte hij weer vriendelijk en zei met zachte stem: 'Vrienden, jullie zijn heel lief. Jullie denken dat ik een wisse dood tegemoet ga en jullie willen me tegenhouden omdat jullie van me houden – maar echt, jullie vergissen je, ik weet dat het erg zwaar zal zijn, maar ik zal daar komen waar ik zijn moet.' En daarna wat zachter, alsof hij alleen tegen zichzelf sprak: 'En anders bestaat er geen gerechtigheid.'

De donderslagen kletterden als grote instortingen en klonken gelijktijdig met het doffe, schrapende geluid van rotsblokken die naar beneden rolden en de grond onder zich met zich meesleurden.

Ineens pakte Arezki Mokrane beet en hield zijn armen tegen zijn zij gedrukt. Mokrane jankte, loeide en ging als een gek tekeer; het schuim stond hem op de lippen, maar hij kon niets beginnen tegen de ijzeren greep. Arezki stootte zijn kin van achter tussen de schouders van Mokrane, die het uitschreeuwde van de pijn. Menach haalde een stuk touw uit het busje en samen bonden ze Mokrane vast, als een krankzinnige.

Eenmaal gekneveld viel hij stil. Terwijl ze hem in de auto tilden bood hij geen enkele weerstand meer. Hij antwoordde niet wanneer ze tegen hem praatten. Hij leek moegestreden. De weg was te smal. Een paar honderd meter moesten ze achteruit rijden. Uiteindelijk konden ze omdraaien, maar ze kwamen niet ver. Een stuk verderop stuitten ze weer op een hoop puin, die op de weg was gevallen nadat ze waren langsgereden. Nu konden ze geen kant meer op.

Zo goed en zo kwaad als het ging bereidden ze zich voor om te gaan slapen, en ze maakten Mokrane los, die zijn kalmte en zijn verstand leek te hebben hervonden, want hij maakte zelfs weer grapjes met hen. Met kleren en al gingen ze allemaal liggen onder wat oude dekens en het grote dekzeil van Arezki. Zo tegen elkaar aangedrukt hadden ze het warm genoeg en ze vielen al snel in slaap.

De volgende ochtend heel vroeg werden ze echter gewekt door een woeste wind waarvan de hardste vlagen het doek waarmee de bestelwagen was bedekt bijna scheurden. Het waaide zo hard dat er stenen door de lucht vlogen die hard tegen de auto stootten. Het leek ook kouder te zijn geworden en toen ze onder het dekzeil vandaan kwamen zagen ze tot hun verrassing dat de grond bedekt was met een egaal tapijt van sneeuw, dat zo wit was dat er een vaal licht vanaf scheen in het donker.

Ze moesten de bestelwagen achterlaten en snel teruggaan naar Maillot, voordat de laag sneeuw nog dikker zou worden. Later zouden ze wel zien hoe ze de auto konden terugkrijgen, met hulp. Allemaal pakten ze hun spullen bij elkaar, behalve Mokrane, die waarschijnlijk nog lag te slapen want niemand hoorde zijn stem. Menach ging hem wekken in de bestelwagen. Hij was er niet. Ze riepen zijn naam, zochten hem overal; in de sneeuw vonden ze nergens sporen. Hij moest al lang geleden zijn vertrokken. Ze speurden de omgeving af. Hij was nergens te bekennen. Geen twijfel mogelijk: hij was op weg naar de bergpas waarachter zich het land uitstrekte van de Zouaoua, zijn voorouders.

Met de borst vooruit om beter omhoog te kunnen klimmen, zijn schoudertas tegen zijn zij gedrukt en zijn stevige legerschoenen aan zijn voeten liep Mokrane met zware pas in de richting van de Kouilal. Voor hij wegging had hij voorzichtig Arezki's boernoes gepakt. Dat had hem wakker kunnen maken, maar ze waren zo moe dat niemand had gehoord dat hij was opgestaan, uit de auto gesprongen en zachtjes was weggelopen. Het moeilijkste was om de pas over te komen, maar niet omdat het er zo onveilig was, want hoewel er soms struikrovers waren die reizigers opwachtten om ze hun spullen afhandig te maken leek het onwaarschijnlijk dat iemand met dit weer naar de Kouilal zou gaan om er een militair te beroven. Nee, het gevaarlijkst was de wind die over de pas joeg met zoveel kracht dat je niet meer kon ademen. Zodra je naar adem probeerde te happen, iets probeerde te roepen om in ieder geval je eigen stem te horen sloeg een windstoot de woorden terug in je mond. Tegelijkertijd hoopte de sneeuw zich op bij de lager gelegen pas, zodat de hoogteverschillen verdwenen en zelfs de meest ervaren reizigers de weg kwijtraakten; ze liepen eindeloos rond met steeds die wind die om hen heen blies en wanneer ze het beu waren geen vooruitgang te boeken, wilden ze de weg weer nemen waarlangs ze gekomen waren, maar ondertussen had de sneeuw hun sporen uitgewist en zo bleven ze dolen tot de pas hen tot zich had genomen.

De beste optie was dus haast te maken en eventuele sneeuwbuien voor te zijn; Mokrane voelde dat wel aan, maar deed niets om sneller te gaan lopen. Hij bewoog zich voort als een slaapwandelaar, met een langzame en gelijkmatige pas, als die van iemand die weet dat hij zijn lot tegemoet treedt.

Zijn stevige schoenen met spijkers knarsten met gelijkmatige tussenpozen op de keien van de weg; krrk, krrk. Verdwaasd luisterde hij naar het droge, monotone, oneindige ritme dat hem wiegde en ervoor zorgde dat hij nergens aan hoefde te denken. Na het ene geknars wachtte hij op het volgende en dat wachten vulde zijn hoofd voldoende. Het landschap dat hij doorkruiste zag hij niet, de wind en het onweer, dat om hem heen was losgebarsten, hoorde hij niet.

En toen ineens begon een zachte, melodieuze stem achter hem het ritme aan te geven: 'Eén: ik ben... Twee: je vrouw.'

Hij draaide zich om, zag niks, glimlachte gelukzalig en liep door. Krrk, krrk, deden zijn schoenen... Oeh! Oeh! gierde de wind.

En plots schreeuwde een harde, boze stem in zijn oren: 'Ik ben je vrouw!'

Met een ruk draaide hij zich weer om, maar niets: een windvlaag martelde de bomen waarvan in de duisternis alleen het vage, spookachtige silhouet zichtbaar was. Zijn ogen vielen dicht van de slaap. Meerdere keren wilde hij zijn schoudertas en zijn boernoes afwerpen om gewicht te verliezen, maar hij moest in deze kou warm gekleed blijven en eten voor onderweg bewaren.

Hij was niet ver meer van de landverschuiving die hen de avond ervoor had tegengehouden; ter verpozing ging hij even zitten, met zijn rug tegen de helling.

Een weldadige stof stroomde door zijn aderen en maakte zijn ledematen week. De stem was verdwenen, afgezien van een af en toe nauwelijks hoorbaar, zacht en liefkozend fluisteren: 'Ik ben je vrouw.'

Niet lang meer of zijn ogen zouden van vermoeidheid dichtvallen. Vreemde visioenen mengden zich al met de beelden die hij wakend zag. Bijna viel hij echt in slaap, maar ineens stond hij op, bezweet.

Het ochtendlicht wierp een wit schijnsel over de grillige, puntige rotsformaties, diepe ravijnen en steile kloven tegenover hem; een paar bomen strekten woeste, door de wind geteisterde takken uit naar de hemel; vlak voor hem hield een grote, gekartelde en overal bovenuit stekende rots de windvlagen tegen. Hij sloot zijn ogen om niets te zien, deed ze weer open; aan het eind van het voorgebergte zag hij duidelijk een vrouw in een lange, gerafelde jurk staan. Ze hield haar armen gespreid. Haar mond was wijd open, met uitgerekte lippen, en haar zwarte ogen sprongen bijna uit hun kassen. Ze vouwde haar vingers, krom als die van dierklauwen, weer naar binnen.

Haar hele uiterlijk paste perfect bij haar stem, een stem zoals Mokrane die nog nooit had gehoord. Het gejammer van oude vrouwen bij een sterfgeval of het felle gegil van klaagvrouwen waren niets vergeleken bij deze ijzige, afschuwelijke, toonloze stem die de hele omgeving vulde met een lange, monotone schreeuw die angst inboezemde als voor een onmenselijk wezen, en die stem zei: 'Mokrane, van de zonen van Chaalal, aan wie heb je me overgeleverd?'

Met een benauwd gevoel op de borst kwam hij overeind terwijl hij het beeld van die hooghartige helleveeg met haar wilde haardos nog voor zich zag en de laatste, eindeloze lettergreep van 'overgeleverd' nog hoorde nagalmen: *dji...i...i...id*. Opgelucht haalde hij adem toen hij weer bij zinnen kwam en hij keek tevreden naar de piek van de Tamgout, die af en toe onder de wolken vandaan kwam; hij was dankbaar dat die er nog was, alleen en onbeschut, zonder bedekking, hard, onbereikbaar en trouw gebleven aan het beeld dat hij sinds zijn kindertijd altijd van de bergpunt had gehad.

Tastend zocht hij naar zijn schoudertas en nam die in beide handen om zich ervan te vergewissen dat hij wel degelijk in een wereld was waarin dingen weerstand boden en een gewicht hadden. Met zijn vingers streek hij langs zijn voorhoofd, hij dook diep weg in zijn boernoes en hij begon aan zijn oversteek over de landverschuiving. Het was niet makkelijk. Nu eens verdwenen zijn benen tot zijn kuiten in de modder, dan weer zette hij zijn voet op een losse kei en rolde er meters mee naar beneden. Toen hij uiteindelijk de andere kant bereikte, zag hij de vormen van dingen al beter, maar hij voelde zich ongelofelijk moe.

Hij besloot nog een beetje uit te rusten alvorens verder te trekken; deze keer dwong hij zichzelf zijn ogen open te houden om alleen nog de werkelijkheid te zien, maar hij begon toch alweer in te dutten toen dezelfde roep in zijn oren klonk, deze keer vertoornd: 'Ik ben je vrouw!'

Snel sperde hij zijn ogen open. Het was slechts de wind die tussen zijn oor en zijn schoudertas door gierde, maar Mokrane kon niet meer. Een waas hing voor zijn ogen. Zijn gedachten liepen door elkaar. Het lukte hem nog maar nauwelijks Aazi te onderscheiden van de vrouw die hij in zijn dromen zag. Hij pakte zijn schoudertas op, raapte een knoestige cederhouten stok van de grond en begon vol ongeduld om alles achter de rug te hebben weer te klimmen. Een zachte en miezerige regen viel uit de lucht, maar niet lang.

De kou was onverdraaglijk geworden. Mokrane blies voortdurend in zijn handen om ze op te warmen, maar het lukte hem niet ze bij elkaar te houden. Een stuk stof van zijn boernoes sloeg in een windvlaag tegen zijn hoofd. Bijna viel hij tegen een rots. Toen hij probeerde zich eraan vast te klampen, schaafde hij zijn vingers; hij stootte zijn hoofd hard tegen een scherpe rand, waarna het begon te bloeden; boven zijn wenkbrauw zat een grote pijnlijke wond die opzwol tot een bult. Al lopend legde hij er steeds zijn verkleumde vingers tegen. Een scherp stuk vuursteen in de weg had de zool van zijn rechterschoen opengereten, waardoor het water met een plonsgeluid naar binnen drong, en steeds hoorde hij voor en achter zich die stem die hem bleef kwellen: 'Ik ben je vrouw.'

Maar hij sloeg er geen acht meer op. Hij ging sneller

lopen om het warm te krijgen en vooral omdat hij wist dat de kou een voorbode was van sneeuw; hij moest de pas over zijn voordat die zou vallen, hij was er overigens bijna. Aan degenen die hij in de nacht had achtergelaten bij Tala Ghana probeerde hij maar niet te denken.

De wind ging liggen en kort daarna dwarrelden de eerste eenzame sneeuwvlokken als trage, zwierige vlindertjes voor zijn ogen naar beneden. 'De pas oversteken, de pas oversteken,' herhaalden Mokranes schoenen op de kiezels. Al gauw schoten overal door de ruimte om hem heen witte strepen alle kanten op. Grote snippers die ingewikkelde en onvoorspelbare lijnen trokken door de lucht alvorens voorzichtig op de grond weg te smelten of juist rechte, scherpe streken van hagelstenen die kletterend neervielen. Mokrane had het gevoel dat de lucht compact was geworden en dat hij zich door een pak hede heen moest werken om vooruit te komen. Hij sleepte met zijn voeten alsof er gewichten aan hingen.

Toen hij bij de pas aankwam, lag er overal al een wit laagje sneeuw. De zon was vaag zichtbaar door de wolken die van achteren wit oplichtten. Voor Mokranes ogen doemde ineens het schouwspel op van heel het Kabylische land dat zich onder hem uitstrekte. De bergkammen van Zaouaou liepen als een waaier de vlaktes in. De sneeuw was daar nog niet aangekomen. De gelukkigen van het laagland waren zich onbewust van de stormen in de hoogte.

Bruut joeg de wind over de pas. Mokrane raakte verstrikt in zijn boernoes door een wervelvlaag die de sneeuwvlokken driftig en dwarrelend met zich mee-

sleurde. Het duurde lang voor hij zichzelf wist te bevrijden, waarna hij zijn longen vol zoog met lucht. Op
iedere bergtop een plat, aardkleurig dorp. Hier en daar
een rookpluim; de sneeuw was er nog niet, daar beneden, maar ze voelden de felle kou al die er de voorbode
van was. Mannen en vrouwen gingen bij elkaar zitten
rond de *kanoun;* fijn om tegen elkaar aan te kruipen bij
het naderen van de storm. Hier zijn we. Het vee hebben
ze heel verstandig al binnen gezet. Gerst, tarwe, stro,
hooi, olie en hout zijn ingeslagen. Ze gaan wachten tot
het voorbij is en wanneer de eerste vlokjes uit de hemel
dwarrelen, zullen de kinderen in kringen zingen:

Goede God laat het maar sneeuwen.
We zullen eten en lekker luilakken,
en de runderen hun stro uitdelen.

Het laagland! Hij dacht aan het heerlijke vuur van droog
brandhout, het gekeuvel tijdens de avonden rondom de
haard. Hij kreeg zin om dit achter de rug te hebben en
ook ergens braaf in een hoekje te worden gezet, met de
rest van de kudde, om zijn lichaam niet meer te voelen,
dat hij nu overal voelde trekken, dat overal pijn deed,
en vooral om die stem niet meer te horen die fluisterde
in de wind, huilde in de holtes van de rotsen, gromde
in het onweer of wegstierf met het geluid van zijn voetstappen in de sneeuw: 'Ik ben je vrouw.'
    Gedreven door het verlangen om zich met de anderen
te wentelen in dat eenvoudige geluk hief hij moeizaam
zijn hoofd op om nog eens naar het land van de geluk-

kige mensen te kijken, en toen ineens zag hij helemaal in de verte, op de laatste bergkam, Tasga, nauwelijks herkenbaar van waar hij stond. Alsof hij er meteen kon zijn, opende hij zijn armen en zijn mond en riep, in zijn beleving heel hard: 'Aazi!' Maar tot zijn verbazing werd zijn stemgeluid niet herhaald door de echo, terwijl die in de bergen juist altijd duidelijk en lang hoorbaar is. Zijn geroep ging verloren in de diepe, roerloze stilte, of in het gejank van de wind die zijn adem deed stokken: hij moest de stof van zijn boernoes voor zijn mond houden om te kunnen ademen.

Toch had hij haar geroepen, want Mokrane zag Aazi in een windvlaag duidelijk op hem af komen rennen. Ze glimlachte ernstig, zoals ze soms graag deed, en liep met lichte tred over een egaal tapijt van gladde sneeuw; ze liet geen spoor achter, haar voeten leken de grond nauwelijks te raken.

Ze droeg haar knielange jurk met stippen, die ze de laatste keer dat hij haar had gezien ook aan had gehad. Ze zag er lief en onbereikbaar uit en ze glimlachte naar Mokrane.

In de sneeuw rende hij op haar af, terwijl hij haar van veraf vroeg, met luide stem om boven de wind uit te komen, waarom ze haar ronde broche van de At-Yani niet droeg.

'Je weet toch dat ik geen kind heb,' antwoordde ze zacht en opnieuw glimlachend.

Waarom kwam ze toch niet dichterbij? Ze liep niet meer, stond stil en keek hem strak aan zonder met haar ogen te knipperen. Hij kon niet naar haar toe gaan. De laag sneeuw was dikker geworden, waardoor hij nauwelijks meer vooruit kwam, en steeds wanneer hij probeerde sneller te gaan, gleden zijn zware schoenen bij iedere stap die hij nam naar achteren.

Het vreemdst was dat hij niks voelde. Hij bewoog zich voort als een robot, zijn ogen op Aazi gericht, die nog steeds glimlachend op haar plek stond. Een heerlijke gelukzaligheid had zich van hem meester gemaakt. Er bestond niets meer om hem heen, de sneeuw niet, de kou niet, en in de leegte, vrij van alles, van de storm en de stem, waren ze samen, Aazi en hij. Waar hij was, ver weg van Tasga of vlakbij, wist hij niet. Het enige dat telde was dat hij gelukkig was. Maar waarom kwam Aazi toch niet dichterbij?

En toen schoot Mokrane op haar af. Op het moment waarop zij haar armen wijd opende, was hij bij haar. Hij kuste haar onstuimig en drukte haar zo hard tegen zich aan dat haar botten bijna braken. Onder haar lichte jurk voelde hij dat haar vlees nog stevig was. Hij omhelsde haar inniger. Ergens hoorde hij de stem van Menach die een rouwlied zong. Dat was het laatste waar hij zich bewust van was.

Drie dagen later werd hij begraven op de begraafplaats van de Chaalal; sinds Mouh was hij de eerste dode van de familie, dus kreeg hij een graf naast dat van de herder.

Het was moeilijk geweest zijn lichaam te bevrijden, want toen Menach en de anderen hem hadden gevonden was hij al helemaal ondergesneeuwd. Ze hadden hem kunnen lokaliseren dankzij de punt van zijn recht in de grond gestoken stok en een stuk gesp van zijn schoudertas. Toen ze de sneeuw om hem heen hadden weggeveegd, zagen ze dat Mokrane zich in zijn boernoes had gerold alsof hij was gaan slapen. Nu de wind was gaan liggen, konden ze beter afdalen naar Zaouzaou, zijn geboortestreek, in plaats van hem mee terug te nemen naar Maillot.

Achter de bergpas liep de helling gelukkig naar beneden en werd de laag sneeuw steeds minder dik. Met behulp van stokken en takken knutselden ze zo goed en zo kwaad als het ging een brancard in elkaar. Om beurten droegen ze hem en hoewel ze bergafwaarts gingen kostte het hen moeite omdat ze steeds uitgleden; zij die hem niet hoefden te dragen liepen voorop om een pad te maken in de nog onbetreden sneeuw.

Het eerste dorp dat ze bereikten was Taguemounine, waar ze een draagbaar konden krijgen. Menach ging alvast vooruit om met de nodige voorzorg het nieuws bekend te maken in Tasga, en ook om hulp te halen. Dat laatste was uiteindelijk niet nodig geweest aangezien de mensen uit Taguemounine, met de *amin* voorop, zelf het lichaam wilden dragen tot aan de grens van hun gebied, waar al een van tevoren gewaarschuwde groep jongeren uit het buurdorp klaarstond. Vanaf daar gaven dorpelingen elkaar het lichaam door van gebied tot gebied, tot ze de inwoners uit Tasga bereikten die door Menach waren meegebracht. Iedereen die tot daar was meegelopen werd bedankt, waarna ze verder trokken naar Tasga. In elk dorp sloten zich meer mensen aan bij de optocht, en de vreemde processie werd voorafgegaan door maraboets en oudjes die aan een stuk door het trage en monotone lied zongen voor de doden die ver van hun geboortestam zijn gestorven.

's Avonds bereikten ze Tasga. De hele nacht zong de sjiech met de maraboets en de volgelingen van Abderrahman litanieën bij het lichaam. Te midden van een groot aantal toegestroomde mensen werd Mokrane de volgende dag begraven. Toen de sjiech alvorens hem te laten zakken in zijn graf, zijn laatste rustplaats, een stukje van het doodskleed optilde om het gezicht van de overledene te laten zien, trok Mokranes vader de capuchon van zijn boernoes over zijn ogen, want een man mag nooit zijn verdriet tonen.

Lange tijd kon Melha zich niet verzoenen met de dood van haar zoon. Urenlang zat ze bij het raam van waaruit ze Takoravt kon zien, zonder haar ogen van de stenen waaronder Mokrane te ruste lag af te willen houden. Ze deed geen moeite meer haar tranen weg te vegen, zelfs niet wanneer Ramdane binnenkwam, en omdat ze zelf niet iedere dag naar het graf van haar zoon kon gaan, vroeg ze de moeder van Mouh om er de offers voor de zielenrust van hun twee kinderen te brengen.

Sinds Mouhs dood deed Tasadit klusjes bij de Chaalal in de periodes waarin ze helder van geest was. In haar eigen streek had ze alles verkocht en nu woonde ze bij Ramdane als een volwaardig familielid. Mokranes vader liet haar rustig haar oude dag slijten op de plek waar haar laatstgeborene had gewerkt en was opgegroeid. Hij vroeg haar nooit iets, want ze was niet altijd bezit van haar volle verstand. In het begin had ze zelfs aanvallen van gekmakend verdriet gehad, waarvan ze vreesden dat ze die niet zou overleven.

Na enige tijd waren de aanvallen verdwenen, maar vanaf dat moment ging Tasadit iedere dag bij het ochtendgloren, op het tijdstip waarop ze vroeger koffie dronk met Mouh, naar Takoravt met een galette en koffie voor de behoeftigen, die er uiteindelijk naartoe kwamen als op afspraak. Tasadit was nu rustig, alleen wanneer ze langs de weg of op het plein de luidruchtige groep vrienden van Mouh tegenkwam, hield ze halt en bleef ze lang naar hen staan kijken, alsof ze hem nog zocht, waarna ze goedenavond zei en zacht kermend wegliep, met haar wijsvinger en duim tegen haar droge ooghoeken gedrukt.

Toen bijna een maand later het kind van Mokrane en Aazi geboren werd, sneeuwde het nog. Het was een jongen.

Hoewel Ramdane zijn schoondochter verstoten had, kwam hij met Melha bij haar op bezoek. Uit eerbied vroeg Lathmas hem een naam te kiezen voor de pasgeborene. Hij noemde hem Mokrane, naar zijn zoon, hield de baby omhoog en sprak een gebed uit om God te vragen hem een lang en gelukkig leven te geven: 'Laat hem als gelovige leven en als moslim sterven. Laat God hem overstelpen met Zijn zegeningen. Laat God de verleidingen van Satan ver weg van hem houden.'

'En nu we hier allemaal zijn,' ging hij verder, 'ga zitten, ik moet iets zeggen.'

Eerst begon hij met een lange inleiding over het onvermijdelijke en gemene eind van ieder levend wezen, waarbij hij beroemde doden opsomde en gedichten voordroeg die zo ontroerend waren dat Aazi een stuk stof van haar lange mouwen in haar mond moest stoppen om niet te hard te snikken van verdriet. 'Maar,' zei hij, 'wat gebeurd is, is gebeurd. We moeten nu vooruitkijken.'

'Tamazouzt, dit kind is van jou en ook de zoon van onze zoon. Ik weet dat je nog jong bent en dat je nog een lang leven voor je hebt, als God het wil. Dus laat ik het aan jou over of je weer bij ons wilt komen wonen om je zoon er groot te brengen of dat je opnieuw wilt trouwen. Als je weer trouwt, mag je het kind houden, als God het laat leven, tot hij oud genoeg is om naar het plein te komen. Dan zal ik hem van je overnemen, maar ik beloof je dat je hem altijd en zo vaak als je wilt kunt zien, waar je ook bent.'

Lange tijd praatte hij nog door. Aazi was onophoudelijk in tranen.

'Denk er goed over na,' zei hij, 'ik hoef niet meteen een antwoord. Roep me als je een beslissing hebt genomen, of laat me ervan op de hoogte stellen.'

Sinds die dag kwam Melha bijna dagelijks bij Lathmas op bezoek. In het begin noemden ze Mokrane bij zijn voornaam, maar daar hielden ze al snel mee op: het bracht te veel herinneringen naar boven; nadat ze hem verschillende koosnaampjes hadden gegeven, noemden ze hem uiteindelijk alleen nog Aouda, het nakind, en die naam hield hij.

Menach vroeg zich af of hij niet beter meteen weer kon vertrekken. De dagen leken hem ontstellend lang op dit stukje aarde waar alles, de straten, de pleinen, de muren, zelfs de stemmen, hem deden denken aan Mokrane. Hij stelde Meddour voor terug te gaan, maar de schoolmeester wilde er niets van weten. Sinds zijn terugkeer had hij iedere dag vele uren doorgebracht bij Lathmas. Wat deed hij daar toch?

Menach wilde er het fijne van weten, dus toen hij Meddour op een dag op het plein zag staan oreren, besloot hij bij hem in de buurt te blijven en hem te volgen naar Aazi's huis.

Zijn bekeringsdrift had Meddour al lang achter zich gelaten en zijn oorlogservaringen hadden alle kennis die hij uit boeken had geput en alle ideeën die hij zich nog niet eigen had gemaakt naar de prullenmand verwezen. Zijn belangrijkste principes had Meddour echter nog behouden en hij verviel nu dan ook in zijn oude gewoonte, alsof zijn verstramde geest niets nieuws kon bedenken.

'Onze maatschappij,' zei hij, 'zit slecht in elkaar. De natuur wil dat een man en een vrouw samenleven; die twee horen bij elkaar als complementaire hoeken. Maar volgens onze gebruiken zijn de wereld van de man en die van de vrouw als de zon en de maan: ook al zien ze elkaar dagelijks, ze ontmoeten elkaar niet. Als de Kabyliërs eens wisten hoeveel ongelukken, ziektes en afwijkingen die gescheiden werelden veroorzaakten, zouden ze er ondersteboven van zijn, ondersteboven zeg ik.'

Niemand luisterde naar hem wat deed dat er allemaal

toe als je niet zeker wist of je aan het eind van de week nog te eten zou hebben, als je je afvroeg of er van alle jongemannen die het dorp verlaten hadden, zoals Meddour zelf, wel eentje terug zou keren? Teleurgesteld dat er niet meer naar hem geluisterd werd zoals voorheen, richtte hij zijn pijlen op de nieuwkomer: 'Menach weet waar ik het over heb en dat dit de zere plek is waarop ik mijn vinger leg, die ten grondslag ligt aan de vage aspiraties van Idir, de ingewikkelde liefde van Mokrane, het dubbelzinnige leven van Mouh en – om het ook maar even over jou te hebben – jouw pijnlijke liefde wordt er ook door veroorzaakt, toch, Menach?'

Menach keek om zich heen. Meddour had in het Frans gesproken en het leek erop dat niemand hem had begrepen. Menach gaf geen antwoord. Meddour veranderde van onderwerp, zonder zich af te vragen of het nieuwe idee dat hij te berde bracht niet tegenstrijdig was met wat hij zojuist had gezegd, en zei: 'De liefde is trouwens een uitvinding van de beschaafde mens, een leugen die het individu bedenkt wanneer de groep hem benauwt. In een goed uitgedachte maatschappij die de natuur volgt, bestaat de liefde uit twee huiden die elkaar aanraken, het huwelijk uit de sociale bekrachtiging van het verlangen, en is al het andere fictie.'

Daarin herkende Menach wat ideeën van vroeger. De goden hebben hem veroordeeld tot domheid, wat moet het triest zijn om zulke geesteloze ideeën te hebben, dacht hij. Maar hij moest het nog uithouden met Meddour tot ze bij Lathmas op bezoek zouden gaan. De sjiech, die op dat moment het plein op liep, bevrijdde iedereen van de preek van de onderwijzer, want Meddour wilde laten zien dat hij goed opgevoed was en stond samen met Menach en twee anderen op om zijn plaats aan de sjiech af te staan. De oude man koos die van Meddour, die de gelegenheid te baat nam om ervandoor te gaan. Menach ging achter hem aan.

Sinds Mokranes dood was Menach moe en lusteloos. Er drukte een bittere afkeer van alles op zijn hart. Vooral die ochtend verlangde hij ernaar een onbeduidend persoon tegen te komen, bijvoorbeeld een enorme kletskous die de stilte van het nietszeggende relaas van onbelangrijke gebeurtenissen zou doorbreken, iemand die de ruimte zou vullen met zijn neutrale aanwezigheid, iemand die er gewoon was, meer niet. Dan zou hij naar hem luisteren zonder te antwoorden, of zelfs niet eens luisteren. Meddour was dus precies degene die hij nodig had, en ze hadden al lang niet meer veel tijd met elkaar doorgebracht.

Meddour greep hem bij zijn elleboog en sleurde hem met zich mee. Hij had alweer een nieuw onderwerp aangesneden en Menach begreep vaag dat het ging over de aanleg van een riool in het dorp: 'Waar het nu om draait voor ons is eenvoudig: zijn of niet zijn. Als het dorp wil blijven bestaan, moet het zo snel mogelijk gewaagde ondernemingen aandurven: er moet een hoofdriool worden aangelegd... Hé Menach, waarom zeg je niks? Ach! Ja, Mokrane was ook een vriend van mij, weet je, maar ik ben in staat om de rede de overhand te laten hebben op mijn gevoelens.'

'Dat kom doordat jij, Meddour, heel sterk bent.'

Mokrane is dood, Aazi gebroken, Idir verdwenen, Kou ten prooi aan armoede – dus dit is wat er over is van Taasast, dacht Menach. Hij was echter te moe om te reageren. Meddours onnozelheid was rustgevend en zijn uiteenzettingen waren wollig genoeg om er lekker in weg te zakken. Toen Meddour hem op de thee uitnodigde nam hij dat aanbod dus graag aan.

Nauwelijks was hij binnen of hij begon verbaasd te fluiten. Meddour begreep dat het uit bewondering was en zei vals bescheiden: 'Ik heb wat dingen in mijn kamer veranderd, niets bijzonders, maar degenen die de nieuwe ideeën aanhangen moeten ook als eerste laten zien wat vooruitgang betekent.'

'Het is prachtig, maar waar komt dat schitterende bed van koper vandaan?'

'Dat koperen bed is er dankzij mijn spaarcenten.'

'Gefeliciteerd, maar waarom zoveel moderne dingen tegelijk? Een handdoekrek? Alleen de wastafel ontbreekt nog! Een kapstok! Een kleed naast het bed! Wat een prachtig tafeltje! Waarom al die dingen?'

'Omdat...'

'Omdat wat?'

'Omdat ik een mooi huis wil maken voor Aazi.'

Een wirwar van allerlei geluiden galmde na in Menachs oren. Even duizelde het hem en hij stond verstijfd, alsof hij een harde klap op zijn hoofd had gekregen. Meddour keek hem in de ogen om te zien wat zijn reactie was. Ineens overzag Menach de omvang van het onheil dat in de maak was en de wanstaltigheid van deze persoon die nog maar een paar dagen na de dood van zijn vriend al van zins was met zijn vrouw te trouwen. Dat was dus de ware reden van die toespraken eerder over de liefde en het huwelijk!

Menach probeerde niet verbaasd te klinken: 'Dus wat iedereen zegt is waar?'

'Iedereen?'

'Ja. Weet je dat dan niet? Heel Tasga heeft het over jouw huwelijk met de weduwe van Mokrane.'

'O. Wat zeggen ze dan?'

'Dat je nogal hard van stapel loopt.'

'Hard en goed.'

Voldaan keek hij om zich heen.

'Over een maand ga ik weer verlof vragen. Dan zal ik een feest geven. Ja, Lathmas krijg ik wel zover. Ik weet dat het tegen ons gebruik is: de weduwe moet drie maanden wachten. Maar in tijden van oorlog is alles toegestaan.'

De aanhanger van nieuwe ideeën heeft het wel erg vaak over Lathmas en helemaal niet over Aazi, dacht Menach.

'Over een maand is Aazi Mokrane misschien nog niet helemaal vergeten,' opperde hij. 'En zonder haar instemming ga jij natuurlijk niet met haar trouwen, want ik weet dat je die barbaarse gebruiken van onze voorouders ten stelligste afkeurt.'

'Ken je de macht der gewoonte dan niet, Menach? Aazi moet zo snel mogelijk weer in het zadel worden geholpen zodat ze niet te lang aan de kant zal staan en het moeilijk zal hebben.'

'Toch weet ik zeker dat je je tegenstander niet onderschat, jij, die dankzij een lange studie zoveel psychologisch inzicht hebt.'

Menach wist dat je in Meddours optiek alleen psycholoog kon worden door psychologie te studeren.

'Hij overtreft mij niet.'

'O?'

'Maar Menach, had je dan niet door dat je nicht heel ongelukkig was met hem? Ik ben de echtgenoot die Aazi nodig heeft en daarom trouw ik met haar.'

'Als ik jou was zou ik juist bedenken dat zij beter weet dan ik wat voor echtgenoot ze nodig heeft en wachten tot ze zelf inziet dat ik het ben.'

Meddour luisterde niet meer naar hem en zei hardop tegen zichzelf, reagerend op iets wat door zijn hoofd ging: 'Zo'n vrouw! Met zo'n sterrenkijker als Mokrane, pff.'

Hij streek met zijn tong langs zijn lippen, wat op Menach overkwam alsof hij stond te likkebaarden. Bovendien begon hij nu, zonder acht te slaan op zijn gast, voor zichzelf verlekkerd allerlei details op te sommen; 'Die fijne, rechte neus. Die mond! Die ranke hals!'

Met een ruk draaide Meddour zich om. 'Een kasteel is wat die vrouw nodig heeft, een kasteel. Ik ga ons deel van het huis verbouwen en de muur neerhalen tussen ons en die bouwval van Taasast, die jullie allemaal als een afgod vereren.'

'Maar Meddour, zijn zoveel plannen wel goed voor actieve verdedigers van de beschaving, zoals wij? Volgens mij kun je beter wachten tot onze illustere wapens voorgoed een eind hebben gemaakt aan de barbarij, want voor ellende is het nooit te laat.'

Meddour wilde lachen om die grap ten koste van hemzelf, maar hij verklaarde dat hij zijn beslissing had genomen, dat hij de goedkeuring van Lathmas had en dat het niet lang meer zou duren eer hij die van Aazi had. Nu begreep Menach waar hij op uit was. Het was door het huwelijksplan dat de onderwijzer zo vaak naar Aazi ging.

Menachs voornemen stond ook vast. Deze schande moest koste wat kost voorkomen worden, en terwijl hij daarover nadacht verscheen langzaam de lege bladzijde aan het eind van Mokranes schrift voor zijn ogen, waarop hij schuin in een hoekje alleen deze zin had geschreven, die verder nergens verband mee hield: *Volgens de geschiedenis bestormden in 1453 grote groepen barbaarse en hebzuchtige Turken met ogen vlammend van begeerte de heilige stad Byzantium, waar zeer scherpzinnige geleerden al sinds meer dan duizend jaar levenslang debatteerden over het niet onder woorden te brengen wezen van de goddelijkheid.*

Menach trof Lathmas aan achter een weefgetouw. Vrijwel meteen vertelde ze hem waarom ze niet tegen het idee van een huwelijk tussen Aazi en Meddour was geweest. Sinds een tijd al leefde ze in armoede en Meddour had de houtblokken, olie, vijgen en gerst (want tarwe at ze al lang niet meer) voor haar betaald die ze nodig had gehad om de winter door te komen.

'We hebben geen deken meer, daarom weef ik er nu een. Meddour heeft me het geld geleend om de wol te kopen,' verklaarde ze.

Voordat ze verder kon praten, bonkte er iemand heel hard tegen de deur.

'Dat zal Meddour zijn,' zei Lathmas.

Hij was het inderdaad. Toen hij Menach zag, maakte Meddour ondanks zichzelf een gebaar van misnoegen: ze waren nog maar net uit elkaar gegaan.

'Kijk eens aan. Je had hetzelfde idee als ik,' zei hij. 'Als ik had geweten dat je hier naartoe ging, was ik met je meegegaan.'

Eigenlijk dacht Meddour dat Menach gekomen was om op Lathmas in te praten, wat waar was, en om Aazi's hand te vragen, wat niet waar was.

Lang konden ze het er niet over hebben, want al gauw kwam Aazi terug van de bron. Door omhoog te lopen over het steile pad met de zware kruik op haar hoofd hijgde ze en zag ze rood (van opwinding, dacht Meddour; van woede, dacht Menach). Ze was erg afgevallen. Nadat ze haar kruik had neergezet en het bezoek had begroet, verdween ze zonder verder nog iets te zeggen naar het achterliggende vertrek.

Menach zag dat Meddour zijn ogen wijd open sperde, diep onder de indruk van de jonge vrouw die binnenkort de zijne zou zijn, en toen Meddour werktuiglijk zijn tong over zijn droge lippen liet gaan, zoals hij eerder had gedaan toen hij het over haar had gehad, kneep Menachs keel samen: hij had zin die irritante kerel een klap te verkopen.

Ze gingen naar buiten met allebei dezelfde koele vastberadenheid in hun ogen om de ander uit te schakelen. Zonder iets te zeggen liepen ze naar het plein, waar ze uit elkaar gingen.

Gerst, hout, olie, wol? Menach moest toegeven dat hij

daar geen moment aan had gedacht. Tot zijn spijt was hij trouwens ook niet in staat om dat allemaal aan Lathmas te geven. En hoe goed hij er ook over nadacht, hij zag niet hoe hij Meddour hoffelijk doch doeltreffend op afstand kon houden. Toen hij alle mogelijkheden door zijn hoofd had laten gaan, kwam hij uit bij één enkele oplossing, waarvan hij echter wist dat die van iedere verbeeldingskracht gespeend was: hem in elkaar slaan.

Nadat hij Meddour had achtergelaten ging hij op weg naar Aafir en kwam Raveh tegen.

'Waar ga jij zo haastig en opgewonden naartoe?' vroeg Ouali's vriend hem.

'Ik ben niet haastig en opgewonden.'

'Was dat Meddour die ik net de hoek om zag lopen bij het plein?'

'Ja.'

'Ik hoop dat je hem gefeliciteerd hebt met zijn verloving met Aazi, pardon, met de weduwe van Mokrane?'

'Je kletst uit je nek, Raveh.'

'O? Hoezo?'

'Omdat het niet kan.'

'Wat kan niet?'

'Dat een idioot als die grote man van jou...'

'Je moet niet zo slecht praten over je aanstaande schoonfamilie.'

'Ik sla hem nog liever in elkaar.'

'Dan wordt het huwelijk misschien uitgesteld, maar niet afgesteld.'

Het verbaasde Menach overigens dat Raveh altijd zo goed geïnformeerd was en dat hij onder alle omstan-

digheden het hoofd koel wist te houden. Precies de ka-
raktertrekken die hij nu zelf hard nodig had. Hij greep
Raveh bij zijn arm.

'Ik heb het nog maar pas gehoord. En ik probeerde
juist te bedenken hoe ik er een stokje voor kon steken.
Maar, weet je, al moet hij de pijp uit gaan, hij zal niet
met haar trouwen.'

'Zo, mooie praatjes heb jij geleerd zeg, in het leger.
Woede is geen goede raadgever, Menach.'

'Makkelijk gezegd, voor jou. Zou jij niet naar een oplossing hebben gezocht als je mij was?'

Raveh keek Menach in de ogen en zei: 'Misschien wel.'

'Wat zou je hebben gedaan?'

Na een korte aarzeling antwoordde Raveh: 'Nou,
Menach, kijk. Je kent Meddour slecht, of niet goed genoeg. De mensen die we minachten, kennen we meestal
slecht.'

Menach wilde tegensputteren.

'Jawel, je minacht hem. Ik zeg niet dat je ongelijk hebt,
ik zeg alleen dat je hem minacht. Welnu, als je Meddour
een pak slaag geeft, zal hij juist met Aazi trouwen.'

'Wat moet ik dan doen?"

'Hem flink bang maken.'

'Neem je me in de maling?"

'Helemaal niet. De angst voor gevaar zal meer invloed
hebben op Meddours geest dan het gevaar zelf. Daarom hoef je hem alleen maar bang te maken. Zelf ben je
daar niet zo geschikt voor, maar ik ken wel iemand die
mooie resultaten kan boeken bij Meddour.'

Even viel Raveh stil. 'Wil je niet weten wie?'

'Is dat geen geheim dan?'

'Je verwacht toch niet dat ik ál het werk voor je doe! Je zult hem zelf moeten gaan zoeken.'

'Ken ik hem?'

'Ouali.'

'Denk je dat hij het zal doen?'

'Vertrouw er maar op dat ik hem wel zal overtuigen, nadat jij met hem gepraat hebt.'

Menach stond even voor zich uit te staren.

'Maar weet je zeker dat hij hem alleen bang zal maken en meer niet? Sinds hij in het maquis zit, heb ik de indruk dat hij nog minder scrupules heeft dan toen hij de leider van onze groep was. Weet je nog hoe het met Ouelhadj ging?'

'Je kent Ouali niet echt. Je was zo met jezelf bezig dat je geen tijd hebt gehad om op anderen te letten, Menach. En nu je het toch over Ouelhadj hebt, ken je dat verhaal wel?'

Menach moest toegeven dat hij zich sinds zijn tweede mobilisatie niet meer met die kwestie had beziggehouden. Raveh, die altijd de beste vriend van Ouali was geweest, deed hem het hele verhaal in detail uit de doeken.

Meteen nadat hij had toegezegd de executie te zullen uitvoeren, had Ouali de helft van het overeengekomen bedrag gekregen; de andere helft hield Raveh in beheer en zou hem worden overhandigd na voltooiing van zijn missie.

Ouali had zijn baard een paar dagen laten staan, zijn valse identiteitskaart in zijn zak gestoken en zijn geweer aan zijn schouder gehangen, en was oostwaarts getrokken. Hij was te voet de bergen overgestoken bij de pas van de Kouilal, waarna hij 's avonds in Bouira was aangekomen en het flink op een drinken had gezet, omdat hij toch genoeg geld had.

Hij moest Sidi-Embarek zien te bereiken, door de Fransen Paul Doumer genoemd. Dat was het beginpunt van Ouelhadjs straatventen, wat hij wilde doen tot bij de Chaoui in het Aurès-gebergte. Om geen politie tegen het lijf te lopen, verplaatste Ouali zich liftend en omdat hij vlak bij Sétif was, kon hij het niet laten daar nog naartoe te gaan. Hij kreeg er onderdak van een arbeider wiens adres Raveh hem had gegeven.

Overdag sliep hij, waarna hij aan het begin van de avond op stap ging om alle ongure tenten van de stad aan te doen. Al snel was hij daar zo bekend dat hij bang was ontdekt te worden, waarop hij besloot een tijdje niet uit te gaan, ook 's nachts niet. Bovendien had hij een groot deel van het geld dat hij van Azouaou had gekregen er al doorheen gejaagd en werd het tijd om de missie te volbrengen om de andere helft te ontvangen.

Ondanks de verzoeken van Ravehs vriend om te blijven, ging Ouali op een avond te voet op weg naar Sidi-Embarek. Hij moest zien te achterhalen in welke richting Ouelhadj was vertrokken, maar zo discreet mogelijk, om geen argwaan te wekken.

Het toeval hielp Ouali een handje: Ouelhadj bleef een dag of twee in het dorp, waar hij zijn handeltje bevoorraadde met glazen prullaria, goedkope parfums, spiegels zonder waarde en nepsieraden die hij wilde verkopen in de afgelegen *douars*.

Ouali herkende hem meteen aan zijn armetierige straatventersuitdossing, zijn lange snor, zijn dikke wenkbrauwen en zijn grote mond.

Zijn gemoed ging heen en weer tussen teleurstelling, verontwaardiging en minachting. Hij was Ouelhadj dankbaar dat hij zo'n alledaagse kerel was: het zou hem minder verdriet doen hem te doden. Die gedachte deed in hem de herinnering weer opvlammen aan Kelsouma, tijdelijk naar de achtergrond verdrongen door het drukke leven in Sétif. Ouali kreeg zin de klus zo snel mogelijk te klaren. Het enige dat hij hoefde te doen was Ouelhadj ergens naartoe leiden waar hij alleen was, de zaak afhandelen en gauw die ander weer opzoeken. Ouali nam zelf een pakket op zijn rug, deed zich ook voor als straatventer en leidde dagenlang het zwervende bestaan van Ouelhadj, die van douar naar douar trok. Dat verschilde trouwens niet zo erg van zijn leven als maquisard. Alleen één ding zat hem dwars: hij sprak geen woord Arabisch, terwijl die duivelse lomperik van een Ouelhadj de taal sprak alsof het die van zijn moeder was.

Ouelhadj trok verder in de richting van Betna, zonder dat hij doorhad onophoudelijk achtervolgd te worden door de dreigende schaduw van de grote Ouali, die tevreden vaststelde dat de omgeving steeds verlatener werd naarmate ze verder zuidwaarts trokken. Een dag of twee nog en dan was het gebeurd: Oumaouch zou binnenkort gewroken zijn.

Nadat hij die geruststellende gedachte had gehad, dreigde nog diezelfde avond alles in het honderd te lopen door een incident. Toen Ouali namelijk langs een afgelegen tent liep, werd hij aangevallen door drie enorme waakhonden. Hoewel hij zich met zijn kalebas probeerde te verdedigen, beet een van de honden hem toch heel gemeen van achteren in zijn kuit. Woest van woede had hij zijn geweer gegrepen en het beest afgemaakt; de twee andere waren er snel vandoor gegaan. Na het geweerschot kwam er een vrouw naar buiten, gevolgd door een Arabisch meisje met een donkere huid, wier tanden iedere keer ze haar mond opendeed glommen in het maanlicht. De twee begonnen hem meteen uit te kafferen. Omdat Ouali de aandacht niet wilde trekken, bood hij hun een flink bedrag aan voor de dode hond. Terstond werd hij te eten uitgenodigd. De oude vrouw verontschuldigde zich er zelfs voor dat hij alleen moest eten, omdat de kinderen al in bed lagen en de mannen bijeen waren geroepen om een klus te doen voor een *bachagha* wiens naam Ouali niet hoorde. Hij vroeg of hij kon blijven slapen. Het oudje gaf hem een waardeloze deken; als dank kreeg ze zo'n beetje alle parfums die hem restten. En aangezien de bruine jongedame onophoudelijk naar hem had zitten kijken terwijl hij zwijgend at omdat hij de taal niet sprak, durfde Ouali haar een blik van verstandhouding toe te werpen, die ze beantwoordde. Nog geen uur later voegde ze zich bij hem in zijn verder onbezette, half ingestorte tent. Helaas kwam lang voor zonsopgang haar man al thuis, voorafgegaan door het geblaf van de honden. De uitgeputte Ouali sliep als een blok. Gelukkig was Kheira (dat was de naam van zijn vriendin voor één nacht) bij het eerste geblaf al wakker geworden. Ze had de stem van haar man herkend, die de honden geruststelde, en had Ouali gewekt, waarna ze naar haar heer en meester was gegaan om hem mee te nemen naar de grote tent. In de tussentijd was Ouali hem snel gesmeerd, voor de honden langs, die hij op afstand had weten te houden met zijn stok.

Hij hervatte zijn achtervolging van Ouelhadj in een nu woestijnachtige omgeving. Ouali was nooit buiten Kabylië geweest en verbaasde zich erover dat mensen op zulke schrale grond konden leven. Op de tweede dag liep hij een hele avond door zonder ook maar één iemand tegen te komen en toen het donker werd zag hij in de verte Ouelhadj zich klaarmaken voor een nacht onder de blote hemel.

Zijn beslissing was snel genomen. Die avond nog zou het einde verhaal zijn voor de man van Kelsouma en nu hij daar zo zeker van was, hoefde hij zelfs niet meer voorzichtig te zijn. Wat had dat voor zin, terwijl er toch niemand anders in de buurt was dan hijzelf, met wapen en al, en Ouelhadj, die niet eens wist dat zijn laatste uur geslagen had? Wat maakte het uit? dacht hij bij zichzelf, onze schepper weet heus wel dat mensen die zo'n ellendig bestaan leiden als Ouelhadj er maar beter wat eerder van af kunnen zijn.

Dus zonder te proberen zacht te lopen ging hij naar hem toe. Inmiddels had Ouali net zoveel haast als honger. Sinds zijn nacht in de afgelegen tent had hij niets meer gegeten. De ander, die een vakman was, had zich vast voorbereid.

Toen hij dicht genoeg genaderd was, pakte hij zijn geweer, controleerde of het werkte en laadde het. Op dat moment haalde Ouelhadj een kaars tevoorschijn, die hij aanstak.

'Dat is aardig,' zei Ouali vrij luid.

Vervolgens legde Ouelhadj zijn vuile boernoes op de grond, bootste zijn rituele wassing na op een platte steen en begon te bidden: 'In de naam van God, de genadige en barmhartige.' Hij zat met zijn rug naar hem toe. Toen hij voorover boog, richtte Ouali zijn geweer. 'Daar,' zei hij. De vizierlijn liep naar de onderkant van zijn hoofd, in zijn nek. Maar ik kan hem toch eigenlijk niet vermoorden terwijl hij zit te bidden, bedacht hij en legde zijn wapen neer. Een windvlaag blies de kaars uit. Onverstoorbaar ging Ouelhadj in het donker door met zijn gebed. Toen hij zijn soera had opgezegd, hoorde Ouali hem in het Kabylisch tot God bidden: 'Wakker het vuur niet aan, mijn God, en laat onze zonen en de zonen van onze zonen niet lijden onder de fouten die wij hebben begaan. Vergeef ons en laat ons hen vergeven die ons onrecht hebben aangedaan. Laat het zo zijn dat ik in Mekka het huis van God mag zien opdat ik er het bloed van me af kan spoelen dat ik heb moeten vergieten om mijn eer te redden. Laat ons verre blijven van het kwaad dat door vrouwen wordt aangericht, want dat is groot, en laat me veilig en wel terugkeren naar mijn streek, zodat ik mijn huis, mijn kinderen en mijn vrienden weer kan zien.'

Ouelhadj zei amen, stond op, stak de kaars weer aan. Vervolgens fluisterde hij tegen zichzelf: 'Die arme ezel kan niet meer. Hij is me lang van trouwe dienst geweest. Kijk, hier is je hooi. Niet lang meer voordat je me zult verlaten en heen zult gaan. Je bent er altijd voor me geweest, jij arm dier... Meer nog dan Kelsouma. Die teef van een vrouw van me leeft nog steeds... Hoelang nog... Kijk, hier heb je nog een bosje hooi.'

Ouali dacht aan Kelsouma, aan Daadi, aan het bruine Arabische meisje, aan andere vrouwen. 'Alle vrouwen zijn hoeren,' bracht hij uit en hij spuugde op het zand.

Ouelhadj graaide in de warboel van spullen die hij vervoerde en haalde er een leren zak uit waarin hij zijn hand stak.

Hij kan tenminste nog eten, dacht Ouali, toe maar, eet je laatste maal maar.

Ouelhadj hield een stuk donker brood vast. Hij nam een hap en gooide de rest meteen weg. 'Deze galette is verrot. En meer heb ik niet,' zei hij.

Ouali keek naar dat lichaam waarin zijn geweerpatronen zich straks naar binnen zouden boren. Een triest, knokig, breekbaar en mager lichaam, zo broos dat het een wonder was dat het zoveel vermoeidheid nog kon verdragen. Het hoofd was robuust en niet fraai, met een snor die hem niet flatteerde. Wat stelde dat weinig begenadigde lichaam voor naast iemand als Kelsouma die zo rijkelijk voorzien was door de natuur? Ze haalde vast haar neus voor hem op, terwijl hij alleen zijn ezel had die hem trouw bleef, wat háár tot de ware schuldige maakte.

Ineens schaamde Ouali zich dat hij deze man ging doden, die zonder dat hij het doorhad aan hem overgeleverd was. Hij wilde zichzelf bewijzen dat hij dat niet uit lafheid dacht: 'Kijk, alleen even daar drukken, en klaar. Geen Ouelhadj meer.'

Hij richtte zijn geweer weer goed, met de vizierlijn tussen Ouelhadjs ogen. Tot zijn tevredenheid constateerde hij dat hij niet trilde en dat hij maar heel lichtjes hoefde te drukken.

Ouelhadj legde zijn spullen bij elkaar, gaf nog een bosje hooi aan zijn ezel, spreidde zijn boernoes uit en rolde zich erin om de slaap der rechtvaardigen te slapen. Toen Ouali hoorde dat zijn ademhaling regelmatig en traag werd, liep hij zachtjes op hem af, met zijn geweer in de hand. Hij stond boven het hoofd van Ouelhadj, keek een tijdje hoe hij lag te slapen, glimlachte naar hem en sloop zo zachtjes als hij was gekomen weer weg...

Die avond, rond middernacht, kwamen Ouali en zes van zijn makkers bij Ramdane thuis hun deelneming betuigen. Stuk voor stuk droegen ze een geladen geweer. Ouali's makkers stapten meteen weer op.

'Ze hebben een missie te volbrengen,' verklaarde Ouali. 'Voor zonsopgang moeten ze een heel belangrijk document verspreiden in Tigzirt, Bougie en Azazga.'

Menach verbaasde zich over Bougie, omdat dat behoorlijk ver weg was.

'Het lukt ze wel,' zei Ouali alleen maar, niet van zins om uit te weiden.

Daarentegen gaf hij alle details van de geschiedenis met Ouelhadj en Oumaouch. Hij vertelde erover alsof hij het over een fait divers had. Geen spoor van spijt klonk door in zijn stem. Hij praatte langzaam, ongehaast, terwijl hij met zijn blik de rookwolkjes volgde die hij uit zijn sigaret had gezogen.

'Eer is eer,' concludeerde hij. 'Wie gedood heeft, moet dood. Vrouwen zijn verdorven, Menach, vertrouw er niet één, zelfs niet je moeder, die haar wijsheid mogelijk enkel te danken heeft aan haar leeftijd. Gelukkig hebben we onze gebruiken nog om ons te beschermen, want waar zouden we zijn als er geen mannen meer in de bergen waren om het recht te doen zegevieren en onrecht niet onbestraft te laten? Als de Iroumien en de Arabieren zouden we zijn: losgeslagen.'

Het leek Menach tijd om Ouali eerst meer over Mokranes dood te vertellen en vervolgens over de dienst die hij hem wilde vragen.

'Ouali, je kunt ons hier van nut zijn. Kom een onderdrukte helpen, een vrouw die zich niet kan verdedigen. Meddour probeert haar te kopen. Je hebt Mokrane gekend, hij was een dromer, maar hij was één van ons, terwijl Meddour zijn Kabylische eer helemaal aan de kant heeft gezet. Hij is een Aroumi.' Dat argument woog zwaar voor de maquisard, wist Menach.

'Pas op voor vrouwen, Menach. Ze zijn als de duivel.'

'Maar deze niet.'

'Allemaal,' zei Ouali. 'Echt allemaal. Vertrouw je eigen zus niet, al zweert ze bij Hand-ou-Malek.'

'Ouali, ga overleggen met Raveh. Ik vraag je overigens niet om het uiterste redmiddel te gebruiken bij Meddour (met zijn wijsvinger deed Menach alsof hij een trekker overhaalde). Jaag hem alleen de stuipen op het lijf. Hij is zoals hij is, maar vergewis je ervan dat hij de boodschap begrijpt.'

Ouali probeerde zichtbaar vat te krijgen op deze zaak, waarin hij net als bij die andere, die van Oumaouch, niet kon beslissen waar de eer lag, tot Menach voorstelde: 'Ga het aan Raveh vragen en doe wat hij zegt.'

Sinds de dag na Menachs en Meddours bezoek aan Lathmas hield Aazi het bed. Ze hoorde een voortdurend geroezemoes en klaagde dat haar hoofd op barsten stond. Ze at enkel nog wanneer te lange onthouding haar borstmelk zuur maakte. 'Zo komt je kind nog om van de honger,' zei Lathmas, 'en dat is een zonde.' Waarna Aazi helemaal overstuur raakte zodra ze Aouda hoorde huilen. Dan at ze een beetje couscous, net genoeg om wat melk te zien opkomen wanneer ze op haar borst drukte.

Sinds Mokranes dood huilde ze onophoudelijk, waardoor ze nu draaierig was bij het opstaan en alleen nog overeind kon blijven met ondersteuning van Lathmas. Tijdens de eerste drie dagen dat ze in bed bleef, gaf Sekoura de borst aan haar zoon; Aouda huilde niet meer zo hard sinds hij zich gulzig tegoed kon doen aan de scheutige borsten van Kou, hij was nog nooit zo verzadigd geweest.

Op de derde dag begonnen 's avonds eerst Aazi's benen en daarna haar hele lichaam op te zwellen; uit haar opgezette mond kwamen enkel nog gereutel en onverstaanbare woorden; ze herkende niemand meer en uiteindelijk hield ze haar gezwollen oogleden gesloten.

Het gerucht ging dat ze waarschijnlijk de ochtend niet zou halen. De oude vrouwen vroegen God om een wonder om Aouda niet zo klein al wees te laten worden; de jonge vrouwen treurden om het ongelukkige lot van twee mensen die zoveel, maar ook zo onbeholpen van elkaar hadden gehouden dat ze om elkaar, maar ook ver weg van elkaar waren gestorven.

Menach deed al het mogelijke om Aazi niet op deze manier te laten heengaan, zo kort na Mokrane. Kou had Aouda bij zich in huis genomen en zorgde voor hem alsof het haar eigen kind was. En Meddour, die werd door niemand nog gezien in het dorp.

Aazi ging misschien dood. Dat nieuws had een vreemde uitwerking op Davda. Toen ze haar moeder had verloren was ze heel jong geweest en sindsdien had ze niemand meer zien sterven op wie ze echt gesteld was. Eigenlijk wist ze niet precies hoe gehecht ze was aan Aazi; ze was een goede vriendin geweest, dat was zeker.

Dus had ze zich, onderweg naar Lathmas, voorgenomen om een berouwvolle houding aan te nemen. Want ze was bang dat ze anders triomfantelijk over zou komen, wat ze helemaal niet wilde, helemaal niet. Aazi's opgeblazen gezicht deed haar terugdeinzen van afschuw. Die mooie Aazi! Ineens drong tot Davda door dat dit misschien de laatste keer was dat ze haar zag, dat ze er morgen en alle dagen daarna wellicht niet meer zou zijn. Verdwenen! Afgelopen! Op slag vergat ze het berouwvolle gezicht dat ze had voorbereid en liep recht op Aazi af, zich een weg banend door de menigte wenende vrouwen die aan het bed van de zieke stond, waarna ze over haar heen boog en haar een lange, dringende kus op haar voorhoofd gaf.

'Aazi, zuster, ik ben het, Davda, hoor je me?'

De zieke bleef roerloos liggen. Davda boog voorover naar haar oor en fluisterde, zodat niemand het hoorde: 'Een gelovige moet alles wat de wil van de Schepper is accepteren; als God je tot zich roept, dan is dat een zegen voor jou en zul je Mokrane kunnen vertellen over zijn zoon.'

Moeizaam deed Aazi haar ogen een stukje open. De vrouwen reageerden verrast: 'Ze heeft haar herkend.'

'Aazi, wees niet bang,' zei Davda, 'Ik ga voor je zorgen en je zult genezen.'

Davda ging meteen aan de slag. Ze droeg Akli op twee artsen te laten komen uit Algiers. Davda zou erop toezien dat de doktersvoorschriften werden nageleefd. Spontaan werd ze een verpleegster, waarbij ze in haar eentje alle behandelingen deed en niemand anders voor Aazi liet zorgen. Ze snauwde zelfs Lathmas af en, iets wat niemand ooit gezien had, ze verwaarloosde zichzelf, wat haar vreemd genoeg juist mooier maakte. Door over Aazi te waken gingen haar ogen dieper liggen en werd ze voor haar doen ongebruikelijk bleek. Een week lang droeg ze dezelfde, eenvoudige jurk, maar ondanks dat alles was ze nog steeds Davda.

Langzaamaan verdween Aazi's zwelling. Eerst werden haar voeten en vervolgens haar hele lichaam in één nacht weer mager. Al gauw kon ze wat slokjes melk drinken. Toen ze merkte dat ze ook uit dit gevecht tegen de dood weer als overwinnaar ging komen, kreeg Davda een niet-aflatende geestdrift die men niet van haar gewend was. Binnen een week was Aazi wat aangesterkt, ze kon weer praten en vroeg voortdurend om Aouda. Davda bleef echter bij haar in de buurt.

'Ga een beetje uitrusten,' zei Aazi op een dag tegen haar. 'Het gaat veel beter met me en je hebt rust nodig. Je bent nog altijd even mooi natuurlijk, maar wel moe.'

'Jij bent degene die mooi was. En je bent nog steeds mooi en je zult altijd mooi blijven. Jouw charme zal niet vervliegen met je jeugd, want die is niet alleen fysiek. Allemaal hebben ze van jou gedroomd! Mokrane, Menach, Meddour, Akli... Nee, niks zeggen, blijf liggen, je bent nog veel te zwak. Ja, Akli, want wat maakt het mij uit dat Akli ook van jou gedroomd heeft: het spreekt voor hem en ik heb er geen last van. Op mij rust echter een vloek; het enige waar ze allemaal op uit zijn is mijn lichaam en dat wordt op den duur vermoeiend, al dat brandende verlangen, al die lonkende ogen. Het staat me tegen om te zien met welk gemak ik altijd weer zegevier. Ze zwichten allemaal en er is er niet één die me in het gezicht zou spuwen, zoals ik soms verdien. Nee, niks zeggen, niet protesteren. Alleen met jou kan ik dit delen, de anderen krijgen hun verdiende loon, want hoe meer ik hen minacht, hoe kruiperiger ze worden. Nu we allebei ouder worden, kan ik het wel zeggen: ik was jaloers op je omdat Mokrane van je hield om wie je was, alleen omdat je Aazi was. Ik heb het ook weleens nodig gehad dat iemand van me hield om wie ik was, maar ze verlangden allemaal te hevig naar me om van me te kunnen houden.'

'En Menach?'

'Zelfs hij, maar laten we het niet over hem hebben. Zijn probleem was dat hij me eerst haatte om vervolgens net zo van me te gaan houden als de anderen.'

'Meer dan de anderen.'

'Ja, veel meer, eerlijk gezegd, maar op dezelfde manier. Als ik naar hem had geluisterd, en soms ook naar mezelf, zou ik hem slechts een nietige voldoening hebben verschaft. Zijn leven lang zou hij spijt hebben gehad, en ik ook, want bij mij stond op mijn voorhoofd geschreven dat ik mijn leven zou doorbrengen met Akli en niet met Menach, maar laten we het niet over hem hebben.'

Er werd op de voordeur geklopt.

Lathmas vroeg: '*Ouakka*? Wie is daar?'

'*D Menach*. Menach.'

Lathmas deed open. Menach kwam vragen hoe het met Aazi ging, maar hij had ook nieuws: Meddour was weer in Tasga en Menach had hem het geld betaald dat Lathmas indertijd van hem geleend had.

'Moge God je bezit vergroten,' reageerde Lathmas. 'Het helpt mij enorm om van die schuld verlost te zijn.'

'Meddour heeft nu namelijk geld nodig omdat hij een vrouw zoekt bij de Maguellet. Hij wil trouwen voordat zijn regiment naar Italië vertrekt.'

Zo vernam Lathmas op indirecte en discrete wijze dat de onderwijzer ervan af zag met Aazi te trouwen. Dat ontstemde haar helemaal niet, het feit dat Menach zo zijn best had gedaan om Meddour op afstand te houden, betekende dat hij Aazi voor zichzelf wilde. Als al die jongeren nu maar wel terugkeerden van die eindeloze oorlog waarin al zoveel mannen waren gesneuveld.

Menach had niet toegelicht waarom Meddour had besloten af te zien van het huwelijk waar hij voorheen zijn zinnen op had gezet. Na zijn gesprek met Menach was Ouali meteen dezelfde avond nog naar de onderwijzer gegaan om aan een 'hogeropgeleide', zoals hij had gezegd, raad te vragen over de ondergrondse beweging. Meddour stak een betoog af waar Ouali niet naar luisterde, maar het gesprek ging al gauw over de recente dood van Mokrane en daarna natuurlijk over Aazi. Ouali praatte zo goed op hem in dat hij Meddour niet alleen overtuigde om van het huwelijk af te zien, maar zelfs om minstens een paar dagen uit Tasga te verdwijnen. Meddour ging overal mee akkoord; het enige dat hij nog wilde was het geld terugkrijgen dat hij aan Lathmas had geleend. Ouali beloofde dat Menach het hem terug zou geven.

'Trouwens,' voegde hij eraan toe, 'ik weet zeker dat je je zelfs als je je centen niet terugkrijgt niet al te druk zal maken,' (en hij klikte met zijn duimnagel tegen zijn voortand) 'want een echte heer zoals jij staat boven dat soort geldkwesties.'

Meddour had er verder geen punt van gemaakt en

Ouali was op zoek gegaan naar Menach om hem de schuld van Lathmas te laten afbetalen.

'Dank je, Menach, voor alles wat je voor ons hebt gedaan,' zei Aazi. 'God zal je belonen.'

'Het belangrijkst is dat je weer beter bent en daar moet je vooral Davda voor bedanken.'

'Als ik er weer helemaal bovenop ben, houden we een feestdiner met zijn drieën.'

'Met zijn vieren,' corrigeerde Davda. 'Vergeet Kou niet, die Aouda de borst geeft.'

'Nee, ik moet over drie dagen terug naar de kazerne,' zei Menach, 'maar doe alsof ik erbij ben.'

'Dat is niet echt hetzelfde,' zei Davda.

'Aazi, ik kom voor die tijd nog een keer langs,' zei Menach, 'maar schrijf me als ik daar ben en als je helemaal genezen bent.'

Lathmas kwam binnen met honing en een galette van tarwe.

Aazi nam een beetje honing, maar ze was heel moe en had moeite haar ogen open te houden en het gesprek te volgen. Davda zag het en legde haar hoofd goed tegen het kussen.

'Zo,' zei ze, 'en nu slapen als een roosje.'

Waarna Aazi al gauw in een serene slaap viel, weldadig voor de scherp geworden trekken in haar ingevallen gezicht. Om haar niet wakker te maken, liep Lathmas op haar tenen de kamer uit.

Menach bleef alleen achter met Davda en wist eerst niet wat hij moest zeggen, waardoor zij het was die de stilte doorbrak.

'Waarom ga je zo snel alweer weg, Menach? Kun je je verlof niet met een paar dagen verlengen? Dan zouden we Aazi weer echt in goeden doen zien.'

'Wat maakt het uit of ik hier of daar ben?'

'Dat is niet eerlijk voor degenen die hier van je houden.'

'Daar heb ik er niet veel van gezien.'

'Toch zijn ze er!'

'Dan zijn ze zeker vergeten het tegen me te zeggen.'

'Om het tegen je te zeggen misschien wel, maar niet om het je te laten voelen, dacht ik zo.'

'Ik heb te vaak op hen gewacht en nu vraag ik me af of ik ze niet haat.'

'Misschien zijn er wel avonden geweest waarop zij jou ook hebben gehaat, gehaat omdat ze heel erg lang op je wachtten zonder dat je kwam.'

'Ja, vast. Natuurlijk wachtten ze precies die avonden op me waarop ik niet kwam. En waar waren ze dan op al die avonden waarop ik op het plein de sterren zat te tellen, waar waren degenen die op me wachtten, wat deden ze, met wie lachten ze?'

'Misschien met mensen van wie ze niet hielden, kijkend naar de deur, in de hoop dat ze er eindelijk de wilgenstok van Menach zouden zien verschijnen.'

'Niets zal me er ooit van kunnen weerhouden om bij degenen te zijn van wie ik hou.'

'Je bent dan ook een man, wat een geluk voor je.'

'Dat geluk is voor iedereen.'

'Weet je niet meer, Menach, wat de positie van de

vrouw bij ons is? Dat ze het recht niet heeft om alleen met een man te blijven staan kletsen, niet het recht heeft om iedere avond, al was het maar in het kleinste hoekje van haar hart, te wachten op een andere man dan haar echtgenoot, dat ze vooral niet op het plein naar degene toe mag gaan die de sterren zit te tellen, denkend aan haar, terwijl zij de lont van haar lamp opbrandt, denkend aan hem, en zich besprenkelt met alle parfums die hij misschien lekker zou vinden, mocht hij toch nog komen?'

Ze hoorden het doffe geluid van Lathma's blote voeten op de grond, waarna Aazi's moeder binnenkwam.

'God, wat ligt ze fijn te slapen. Misschien kunnen we haar alleen laten?' vroeg ze.

Geen van beiden kwam in beweging. Toen ontwaarde Lathmas de rood aangelopen wangen van Davda en een kwade glinstering in de ogen van Menach. Ze deed alsof ze niets had gezien.

'Of toch maar niet,' zei ze. 'Ik moet nu naar Na Ghné, misschien kunnen jullie bij haar blijven tot ik terug ben?'

Ze hoorden de deur achter haar dicht gaan.

Er viel een stilte die nog drukkender was dan de vorige. Dit keer was het Menach die, bedrukt, verder ging: 'Maar waarom heb je me dan zo laten dromen, en vooral laten lijden?'

'Omdat ik wilde doen wat goed voor je was.'

'Ja, vast,' zei hij met een sarcastisch lachje. 'Uit goedheid.'

'Inderdaad, uit goedheid. Je bent een kind, Menach,

een naïef kind, want weet je, ik ben getrouwd, en hoe aardig en onoplettend Akli ook is, de anderen zouden op hem hebben ingepraat en hij zou je hebben gedood.'

'Ik ben geen kind. Hij zou er nooit achter zijn gekomen.'

'Je kent jezelf slecht, Menach. Hoe harder je zou hebben geprobeerd er overheen te komen, hoe erger je pijn zou zijn geworden. Je zou ons hebben verraden.'

'Ik zou er niet overheen zijn gekomen.'

'Dat hoop ik! Ik ook niet, trouwens. Dat is ook waarom ik geprobeerd heb onverschillig te blijven, want in feite heb je niet aan mij gedacht, egoïstische Menach.'

'Nee hoor, behalve dan iedere dag en iedere nacht, dag in, dag uit.'

'Je weet best dat ik dat niet bedoel. Je hebt niet gedacht aan de lijdensweg die ik moest doorstaan, met iedere avond Akli's verhalen, zijn geknipte snor en zijn wollen chechia, terwijl ik me er maar al te zeer van bewust was dat jij buiten naar de hemel keek, denkend aan mij. Als ik ook maar één keer naar je had geluisterd zou mijn leven een ware hel zijn geworden.'

'En dat zeg je me nu.'

'Iedere keer als Benito 's nachts blafte voelde het alsof hij mijn huid van me aftrok; ik dacht dat je vlak bij me was, dat je me riep, dat ik niet kon antwoorden, en tegelijkertijd moest ik naar Akli blijven glimlachen. Herinner je je de avond van Sekoura's verloving nog?'

'Zeg maar niks meer.'

'De dag waarop we door de regen overvallen werden bij Talla-n-oumlil?'

'Hou op, dat ligt achter ons.'

'En het feest van Kou?'

'Natuurlijk ben ik al die dingen niet vergeten, maar herinner jij je de dag nog waarop we samen de rivier overstaken?'

'Waarom denk je alleen aan de slechte dagen? Wees een keer gelukkig, Menach.'

'En de longontsteking die ik die avond kreeg? Weet je nog dat je niet bij me op bezoek kwam toen ik ziek was?'

'Hou op, Menach, alsjeblieft.'

'Dat Aazi voor me zorgde en dat ik vanuit het bed waarin ik dankzij jou lag je hardop kon horen lachen op de binnenplaats?'

'Goed! Ja, dat weet ik nog, maar dan moet ik je ook vertellen wat jij niet weet, namelijk dat ik in de tijd waarin je ziek was nachten achter elkaar in het donker heb gelegen met mijn ogen wijd open, alert op ieder geluidje dat ik van je opving. Alle nachten waarin jij er beroerd aan toe was lag ik wakker, met het gesnurk van Akli naast me, zo regelmatig en zo onuitstaanbaar, dat ik het op een gegeven moment midden in de nacht uitgegild heb, als een bezetene. Ik ben naar Sidi-Youssef en Chivou gegaan, heb hen gesmeekt om je genezing. Ik, die niets van hen verwacht, heb alle heiligen die ik ken offers gebracht. Ik heb gehuild om jouw pijn, ik die niet wist wat tranen waren. Ik zou voor je hebben gebedeld.'

Ineens trok hij haar in zijn armen en drukte haar heel hard tegen zich aan. Eerst probeerde ze hem, met haar handen tegen zijn borst, van zich af te duwen, maar uiteindelijk sloot ze haar ogen half en liet ze haar hoofd tegen Menachs schouder vallen; hij kuste haar op haar ogen, in haar hals en zocht begerig naar haar lippen, om zijn mond op de hare te drukken. Toen voelde hij haar helemaal smelten in zijn omhelzing, waarna ze haar armen om hem heen sloeg. Davda, Davda, herhaalde hij als een bezetene. Menach, zei zij met een zucht. Allebei barstten ze in tranen uit, die zich met elkaar mengden en hun lippen nat maakten tijdens hun eerste en misschien wel enige kus.

In Aourir en in Tasga, in alle dorpen en bij alle stammen in de bergen was de situatie er duidelijk niet beter op geworden. Vóór de oorlog was het leven al zwaar geweest, nu kon men enkel nog bestaan bij de gratie van de heiligen die de streek beschermden met de werking van hun bovennatuurlijke krachten. Wat kleding betreft ging het nog, je kunt altijd hetzelfde doen als de voorouders die het hele jaar door een wollen djellaba droegen, maar hoe moest het met eten? De tarweverstrekking was onvoldoende en niet iedereen kon vijfentwintighonderd frank betalen voor een vat tarwe. Maar God, die ons ziet en over ons oordeelt, beloont iedereen in het hiernamaals voor zijn daden. In de tussentijd was het bestaan hier op aarde, vergankelijk maar helaas een realiteit, een en al ellende, diepe ellende, duizend keer erger dan de dood, en als onze Profeet zelfdoding niet als een zonde had bestempeld zouden velen niet hebben getalmd om Gods vergiffenis te krijgen.

Niemand was er zo door aangedaan als de sjiech, die God iedere avond vroeg hem tot zich te roepen in vrede. Een vreemde waanzin leek te heersen over de wereld, die wetteloos was geworden. Voorheen had ieder wezen en ieder ding een vaste plaats. Maar daar had een wind overheen geblazen die alles op zijn kop had gezet. Voorheen werden mannen beoordeeld op hun moed en wijsheid, nu was het hun portemonnee die over hun waarde besliste, waardoor Akli de belangrijkste man van Tasga was geworden; Akli, die voor hem, de sjiech, niet bestond en die hij altijd had overrompeld met een riedel waar niets tegenin viel te brengen: 'Akli? Die leeft.'

Voor de sjiech stond een leven zoals dat van Akli gelijk aan de dood.

Hij kon de glorie van vervlogen tijden niet eens meer met Ramdane bespreken, die sinds de dood van zijn zoon zwaarmoedig en in zichzelf gekeerd was.

Ibrahim was echter het meest getroffen van allen. Sinds hij ontslagen was als wegwerker had hij geen tijd meer om plannen te maken; iedere dag moest hij brood op de plank zien te krijgen voor de volgende dag. Die zorg putte hem uit, smoorde zijn gedachten en zijn verlangen zozeer dat de tweede termijn van zijn lening verliep zonder dat hij erbij stilstond. Op een avond toen hij bij zijn oudste zoon zat, die ziek was omdat hij de hele dag in het modderige water van de rivier had geravot, riep iemand hem vanaf de straat. Het was de chef.

'Ibrahim,' riep hij, 'help me of ik ben er geweest, mijn gezin dreigt ten onder te gaan! Mijn broer eist het geld terug dat hij dankzij al mijn inspanningen aan je wilde lenen. Hij zegt dat hij me vermoordt als ik het hem niet teruggeef. Het is een valse man, Ibrahim, maar het is mijn broer. God heeft me hem gegeven, misschien als straf voor mijn zonden, dus ik kan niets anders dan hem accepteren: we hebben van dezelfde borst gedronken.'

'Ja, ja,' antwoordde Ibrahim machinaal, terwijl hij zijn zoon hoorde kermen.

'Nooit zou ik mijn vrienden hebben bestolen als hij er niet was geweest.'

'Voorlopig heb ik helemaal niks,' stelde Ibrahim. 'Kun je tot het najaar wachten?'

'Tot het najaar! Heilige Ahmed, zoon van Malek! Als ik alleen was geweest, zou ik mijn hele leven hebben gewacht, maar die aasgier van een broer van me zal me vermoorden.'

'Je vermoorden?' herhaalde Ibrahim willekeurig, waarna zijn gedachten even afdwaalden.

'Ja, Ibrahim, me vermoorden!' En omdat Ibrahim niets meer zei, ging hij verder: 'Goed dan, ik zal nog een keer proberen hem gunstig te stemmen, maar ik beloof niks. Ach, wat zijn dat toch voor mensen die niet bang zijn voor God, die niet beseffen dat deze wereld maar tijdelijk is en ieder bezit vergankelijk.'

Die nacht deed Ibrahim geen oog dicht. De vreemdste gedachten spookten door zijn hoofd. Toen hij 's morgens opstond, zag hij tot zijn vreugde dat het stukken beter ging met zijn zoon. 's Avonds stond de chef hem weer te roepen, terwijl iedereen in Tasga al sliep.

'Mijn God,' zei de chef, 'ik heb geen zin meer in deze wereld waarin de ene mens de ander als een hyena benadert. Mijn broer is er uiteindelijk mee akkoord gegaan je het geld voorlopig niet terug te vragen, maar alleen als je hem je olijfboomgaard in bruikleen geeft totdat je je schuld hebt vereffend. Hij zegt dat hij, als je weigert te betalen, je olijfboomgaard zal innemen, maar wat die Aroumi beweert zal niet gebeuren, want ik weet dat jij, Ibrahim, binnenkort genoeg geld zult verdienen om je schulden af te lossen. Dus neem maar van mij aan dat je beter deze akte voor hem kunt tekenen om bevrijd te zijn, want God zal het niet laten gebeuren dat het land van een harde werker als jij in bezit komt van de grootste sloeber in Tasga, en anders bestaat er geen gerechtigheid.'

Ibrahim zette de afdruk van allebei zijn duimen op het document. De chef liep weg terwijl hij herhaaldelijk zijn snor gladstreek.

's Avonds zei Ibrahim alleen maar: 'Moeder, je kunt niet meer naar onze olijfgaard Alma gaan. Mocht je er toevallig de chef of iemand uit zijn gezin zien, loop dan verder en zeg niks. Voor jou geldt hetzelfde,' voegde hij eraan toe terwijl hij naar Sekoura keek, 'en zorg dat de kinderen er ook niet naartoe gaan.'

De oude Titem dook dieper weg in haar plompe, wollen jurk waarin ze zo klein werd dat ze leek te verdwijnen. Haar mondhoeken zakten nog wat verder naar binnen in haar tandeloze mond. Meestal zei ze niets wanneer haar zoon nieuws bracht, of het nu goed of slecht was (en het was inmiddels al sinds lange tijd vooral slecht). Maar die avond kon ze zich niet inhouden.

Eén voor één, en alsof ze nog niet zolang geleden hadden plaatsgevonden, haalde ze de herinneringen op aan alle olijfoogsten die ze met haar man en de werksters had binnengehaald toen Ibrahim nog klein was.

Iedere olijfboom besprak ze afzonderlijk, alsof ze het over Melha of Kelsouma had of een ander oudje met wie ze jong was geweest; ze kende ieder bosje en iedere boom; die van het veld met de eiken, waar een werkster soms de hele dag bezig was om de olijven te rapen, totdat Titem zelf op een dag, nadat ze aan het eind van de ochtend nog niet eens een derde had geraapt, vermoeid had uitgeroepen: 'Meid, er komt geen eind aan de olijven van deze boom!' En een jaar later was het voorbij: de sneeuw, de wind en wormen hadden de olijfboom gehalveerd door Titems boze oog.

Ibrahim en Sekoura zaten zwijgend naast haar. Ze keken haar niet aan, maar ieder tafereel dat ze beschreef riep bij hen de herinnering op aan een vergelijkbaar tafereel – en vooral die ene herinnering, een van hun mooiste, hoewel ze zich op het moment zelf vreselijk hadden geschaamd. Ze waren naar de rivier gegaan om olijven te rapen, maar het voorjaarszonnetje had ze zin gegeven om te dagdieven. Ze waren over de gaard gaan wandelen, hadden hier en daar getreuzeld en elkaar omhelsd in de bosjes. Uiteindelijk hadden ze ruzie gemaakt over wie als eerste het water uit de bron beneden zou drinken en omdat ze allebei niet wilden toegeven hadden ze besloten gelijktijdig te drinken, met hun wangen tegen elkaar aan, in het stromende water. En in die positie had Titem hen betrapt. Zulke dingen had Ibrahims moeder vast ook meegemaakt, in haar jonge jaren, maar daar praatte ze natuurlijk niet over.

Toen ze naar bed gingen, vertelde Ibrahim zijn vrouw over zijn besluit: in de Sahara waren kolenmijnen geopend. Daar wilde hij gaan werken. Twee of drie jaar, langer als het nodig was; hij zou hoe dan ook pas terug- komen als hij genoeg geld had om hun olijfgaard Alma te bevrijden.

'Het zuiden dus? Maar waarom?' vroeg Sekoura. 'Wat heb ik aan een rijke man in de Sahara terwijl zijn kinde- ren vaderloos zijn? Wie gaat het voor hen opnemen te- genover de andere kinderen? Wie gaat hen meenemen naar de markt op het Grote Feest? Moet ik hen soms leren hoe ze mannen worden?'

De altijd inschikkelijke Sekoura, die geleerd had zon- der morren haar armoe te verduren, kreeg bijna weer haar stem van toen ze jong was, de stem die ze in Taa- sast had gehad. Hij, haar man, ging hen verlaten en ze zouden alleen achterblijven als twee vrouwen, twee arme vrouwen, zonder beschermer. 's Avonds zouden ze thuis bij het vuur zitten, kniezend over hun misère, die ze zouden vermalen met hun iele, doodse stemmen, wachtend op niets en zonder een mannenstem waar- van de rauwe klanken zo geruststellend konden zijn. En hij? Algerije, de Arabische gebieden, of zelfs Tunesië of Marokko, vooruit, maar de Sahara? Ach! Liever nog een leven lang deze doffe ellende dan één maand in balling- schap in een onbekende streek.

Hij liet haar begaan en streelde af en toe haar lange haren, wachtte rustig af tot Kou's opwinding bekoeld was, zonder antwoord te geven, want hij had niets te zeggen wat ze niet al wist.

'En ik,' vervolgde ze, 'hier,' – met een draaiende bewe- ging van haar arm wees ze op de kamer – 'hoe kan ik hier leven zonder jou? Als jij er niet bent, kan ik onze armoede niet verdragen. De angst zal me om het hart slaan en er zal niemand zijn om me gerust te stellen.'

Hij liet zich duidelijk niet van zijn stuk brengen.

Ze probeerde een ander argument: 'Alleen God beschikt over het bestaan van zijn schepsels. Hij neemt en geeft leven, zoals Hij heeft gezegd.'

'Ja, maar Hij heeft ook gezegd dat we Hem een reden moeten geven voor Zijn gunsten,' zei hij, enkel om iets te zeggen.

Dus zweeg ze en begon zachtjes te huilen.

In drie dagen tijd maakte hij meer schulden dan alles bij elkaar opgeteld tot dan toe. Je wist immers maar nooit wanneer je weer geld naar huis kon sturen, dus vóór zijn vertrek moest er van alles voldoende op voorraad zijn. Bovendien vond hij misschien niet meteen bij aankomst werk en zolang dat het het geval was, zou hij uitgeven zonder iets te verdienen. Verder had hij nog geld nodig voor de reis.

Ten slotte was er Lmouloud, zijn oudste zoon, die dit jaar voor het eerst een beurs had gekregen. Ibrahim wilde per se dat hij naar school kon blijven gaan, al moest hij zijn leven ervoor geven; dat hij zelf ongeletterd was, was al erg genoeg. Met een opleiding zou Lmouloud zich kunnen redden in de grote steden, voor zichzelf kunnen opkomen tegenover de caïd, de belastingontvanger, en alle chefs die er maar waren, en tegenover iedereen die hem, Ibrahim, onder druk zou zetten en tegen wie hij niets kon beginnen.

Maar wie kon hij om zoveel geld vragen? Niet de chef

uiteraard, en ook Menach niet, want doordat Kou de borst gaf aan Aouda sinds Aazi ziek was, zou hij kunnen denken dat Ibrahim om een betaling vroeg voor de voeding – God verhoede een dergelijke schande!

Ibrahim wendde zich tot Akli, die zonder omhaal van woorden nee zei, huiverig om zo'n groot bedrag neer te tellen en er bovendien van overtuigd dat Ibrahim insolvent was. De volgende dag kwam hij echter melden dat hij er nog eens over had nagedacht, dat het toch niet de bedoeling was om vrienden te verliezen vanwege een geldkwestie en dat we bovendien op aarde waren om elkaar te helpen om door het leven te komen: 'Een lelijk cadeau van Hem daarboven.' In werkelijkheid was het Davda die hem, toen ze erover had gehoord, had gezegd dat hij Ibrahim het geld moest geven. En meteen had ze de gelegenheid te baat genomen om te zeggen dat Lathmas ook om geld vroeg, 'renteloos natuurlijk'. Lathmas had helemaal niets gevraagd, maar Davda kende haar situatie en had ter plekke deze oplossing bedacht om haar voor een tijdje uit de brand te helpen. Akli vertelde Ibrahim over deze andere blijk van zijn gulheid, waarbij hij onvermeld liet dat hij het allemaal deed omdat Davda het had gevraagd.

Om een reispas te krijgen, moest Ibrahim de caïd betalen. Dat maakte hem boos: het was illegaal en oneerlijk. Zijn moeder moest hem ervan overtuigen dat het een achtenswaardig gebruik was waartegen hij niets kon beginnen. Ze vertelde er niet bij dat ze een dag eerder haar laatste kip en een mand eieren naar de vrouw van de caïd had gebracht.

Op een ijzig koude ochtend in november vertrok hij. Nog voor het ochtendgloren wilde hij er als een dief vandoor gaan, zonder iemand gedag te zeggen, afgezien van Akli. Voor zijn reis had hij zijn oude Europese pak tevoorschijn gehaald dat hij al jaren niet gedragen had en dat helemaal verkreukeld was. Het jasje was te wijd, de broek te strak; een stropdas droeg hij niet, omdat hij nooit had begrepen hoe je die reep stof om je hals moest binden. In een grote koffer, die ooit mooi was geweest, stopte hij zijn andere spullen en zijn proviand, waarna het ding op knappen stond.

Gezeten bij het vuur, dat ze regelmatig opstookte, liet Titem haar bidsnoer door haar vingers gaan: 'Er is geen god dan God.'

Af en toe hield ze een van de kralen tussen haar vingers en staarde ze met de zachte blik van een oud vrouwtje in het haardvuur, waarna ze ineens uit haar mijmeringen ontwaakte en weer verderging: 'Er is geen god dan God.'

Sekoura wist niet wat ze met zichzelf aan moest. Ze ging naar de kamer boven, kwam meteen weer naar beneden, veegde de tranen uit haar ogen, stond erop dat Ibrahim zichzelf drie keer de koffie inschonk die ze had bewaard voor speciale gelegenheden. Toen hij echt moest gaan bedacht ze dat hij zijn geruite zakdoek was vergeten, die ze vervolgens overal zocht maar nergens kon vinden. Uiteindelijk vond ze hem in zijn koffer.

Ibrahim had de grootste moeite om alles achter zich te laten, de muren die zwart geblakerd waren sinds ze geen kalk meer konden betalen om ze te witten, het getik van het bidsnoer van dat gerimpelde oudje in haar plompe, wollen jurk, de tranen van zijn te vroeg oud geworden vrouw die ooit mooi was geweest.

Uiteindelijk maakte al het gerommel in huis de kinderen wakker, terwijl ze die hadden willen laten slapen zodat ze het vertrek van hun vader niet hoefden te zien. Diep vanbinnen was Ibrahim blij dat ze er allemaal waren. Sekoura wilde de kleintjes weer in bed leggen, maar Maamar zette het meteen, zo hard als hij met zijn kinderstemmetje kon, op een schreeuwen. Gelukkig hadden ze Aouda een dag eerder teruggebracht naar Aazi, die weer helemaal beter was.

Ibrahim voelde dat hij overmand zou raken door emoties als hij nog langer bij hen bleef. Ineens greep hij zijn koffer en sprong naar buiten, de kou in, waar hij floot om zichzelf een houding te geven en verdween, al snel niet meer zichtbaar in de duisternis.

Voordat hij de hoek om liep bij de moskee hoorde hij vaag het geluid van stemmen, één van een man en één van een vrouw. Hij kuchte. De stemmen vielen stil. Vluchtig maar duidelijk hoorde hij het geruis van zijde en het gerinkel van sieraden, als het ware van iemand die snel wegliep.

Zodra hij de hoek om was, scheen het licht van een zaklantaarn in zijn gezicht, die meteen daarna uit ging. Even was hij verblind, en uit het donker kwam een stem: 'Dag Ibrahim, ga je weg?'

Het was Menachs stem.

'Ja,' antwoordde hij. 'Jouw verlof is ook voorbij, als ik het goed begrijp. Zullen we samen naar Algiers gaan?'

Tot Ibrahims verbazing was Menach alleen, en zijn stem klonk onvast, alsof hij verdrietig was.

Die ochtend stond Menach voor zonsopgang op. Zijn tassen had hij de dag ervoor al gepakt. Hij wilde niemand zien, zelfs zijn vader en moeder niet. Blootsvoets verplaatste hij zich door het huis om ze niet wakker te maken. Zijn koffie warmde hij zelf op. Hij wilde alleen zijn en alleen vertrekken; alleen, want in Tasga was er toch niets en niemand meer. Daarom vertrok hij ook vandaag, zijn verlof zou pas de volgende dag verlopen, maar hij had geen zin om zolang met Meddour te moeten reizen; hij had niet eens tegen hem gezegd dat hij wegging.

Muisstil ging hij de deur uit, op zijn blote voeten en met in zijn handen zijn stevige legerschoenen. Buiten ging hij zitten om ze aan te doen. In het donker zag hij het licht van een zaklantaarn op zich af komen, dat uit werd gedaan toen het vlak bij hem was.

'Hallo.'

Het was Davda. Hij voelde zich slap worden. Al zijn ledematen werden krachteloos. Hij was nog verblind door het licht en kon haar niet zien. Zijn vingers raakten verstrikt in de veters die hij niet uit de knoop kreeg.

'Hier,' zei ze, 'ik kan het sneller.'

Ze ging op haar knieën zitten om zijn veters te strikken. Een walm parfum steeg op uit haar haren, hij herkende het. Zijn hart begon harder en sneller te bonzen. Nu zijn ogen gewend waren aan het donker zag hij haar beter. Haar haren waren warrig en ze droeg enkel een jurk met een zwart-rood gestreepte rok en ze had al haar sieraden om. Ze had een boernoes omgeslagen ter bescherming tegen de kou.

De veters had ze snel gestrikt, waarna ze weer overeind kwam.

'Wil je niet weten wat ik hier doe, in mijn eentje en op dit tijdstip?'

'Waarom ben je gekomen? Hoe zit het met Akli? Wat als hij wakker wordt en je nergens kan vinden?'

'Dat gebeurt niet. Ik heb gezegd dat ik migraine heb en hem alleen naar bed gestuurd in de kamer boven. Maar kom op, loop nou maar verder.'

Ze pakte zijn arm vast en liep met hem mee.

'Hoe wist je dat ik vandaag zou vertrekken?'

'Ssst, zachtjes!' zei ze. 'Aazi vertelde het me, maar je moet fluisteren. Ik heb een boernoes aangedaan zodat ik eruitzie als een man, mochten we iemand tegenkomen. Al kan het me eigenlijk niets meer schelen.'

'Waarom ben je gekomen?'

'Omdat ik je niet zomaar naar de oorlog wilde laten gaan. Laat me nog eens naar je kijken.'

Ze scheen met haar zaklantaarn in zijn gezicht.

'Wat zie je bleek!'

Hij trok de lamp uit haar hand en richtte hem op haar gezicht.

'Laat mij ook eens kijken. Wat ben je mooi!'

Ze omhelsden elkaar. Menach voelde Davda tegen zich aan, haar hele lichaam trilde. Kwam het door de kou? Ze hoorden voetstappen in het donker en lieten elkaar snel los. Menach had de zaklantaarn nog vast.

'Vaarwel,' zei hij.

'Tot ziens!'

Davda dook weg in de boernoes, trok de capuchon tot aan haar kin naar beneden en verdween in de duisternis.

Menach bleef even staan, als verlamd. De voetstappen kwamen dichterbij. Hij vermande zich, deed de lantaarn weer aan en begon te lopen, doodmoe, alsof hij net een heel stuk gerend had. Pas op dat moment merkte hij dat hij vlak bij de moskee was. Hij ging de hoek om en zag toen in het licht van zijn lantaarn Ibrahim, in reiskledij.

Samen gingen ze op weg en na de eerste paar woorden die ze hadden uitgewisseld zwegen ze, beiden in gedachten verzonken en nog beduusd door hun verschillende maar even intense emoties. Menach wist dat er geen weg meer terug was. Hij had geen reden meer om gehecht te blijven aan deze uithoek waar zijn jeugd was vervlogen: zijn twee beste vrienden waren er overleden, zijn andere makkers verdwenen, de weduwe van zijn meest geliefde vriend leidde het bestaan van een dode en de vrouw van wie hij hield was getrouwd. Binnenkort zouden ook de sjiech en Na Ghné Tasga voorgoed verlaten. Dus wat had het nog voor zin? Hij kon nu doodgaan als held van de beschaving, ongeacht waar en wanneer. Hij was er klaar voor en zou ongetwijfeld dapper strijd leveren.

Allebei zetten ze stevig de pas erin om warm te blijven, want het was heel koud. Ze liepen door de smalle, stille straatjes en lieten al gauw de genoeglijk zij aan zij staande huizen van Tasga achter zich. Bij het huis van Lathmas hoorden ze Aouda huilen en Aazi een droevig slaapliedje voor hem zingen, zachtjes, met de zwakke stem van iemand die nog moet aansterken. Alles was in diepe rust gehuld. Hier en daar liep een hond, vlak langs de muren, die even later tot stilstand kwam, zijn hals uitstrekte en naar de maan begon te janken.

Bijna waren ze bij Takoravt en Ibrahim strekte zijn handen al uit voor het gebed dat zij die op reis of naar de markt gaan moeten opzeggen wanneer ze langs een heilige plek komen, toen bij de ingang ineens de loop van een geweer uit de bosjes tevoorschijn kwam. Allebei deinsden ze terug en Menach wilde iets zeggen, maar ineens sprong de grote Ouali op de weg.

'Ik ben het, Menach,' zei hij. 'Ik wilde afscheid van je nemen. Wie heb je bij je?'

'Ah, Ouali. Dit is Ibrahim.'

Ouali nam Menach terzijde.

'Ik wilde graag weten of mijn vriend Meddour heeft afgezien van zijn snode plannen.'

'Ja,' antwoordde Menach, 'nog bedankt daarvoor.'

'Dat was het enige. Vergeet niet dat ik altijd een trouwe vriend zal zijn, Menach, en zolang de politie me niet in de bak gooit – en geloof me, dat gaat ze niet zomaar lukken,' voegde hij er lachend aan toe, 'kun je me een bericht sturen met welk verzoek dan ook.'

'Moge God je welvaart brengen.'

'Ik weet dat je je veel om Aazi hebt bekommerd sinds de dood van Mokrane, onze gemeenschappelijke vriend. Ik beloof je dat ik regelmatig, en heel discreet, zal kijken hoe het met haar gaat en haar zo nodig zal helpen, voor zover ik daartoe in staat ben.'

'Daar zal ik je dankbaar voor zijn.'

'En Menach, beloof me nu dat je altijd op zult passen, wat er ook gebeurt.'

'Oorlog is oorlog,' zei Menach. 'En God beslist over leven en dood. Verder ben ik geen kind meer.'

'Dat was je net anders wel, Menach, bij de moskee. Op een gegeven moment stelde ik me zelfs voor dat Davda mijn vrouw was en toen heb ik mijn wapen gericht, eerst op jou en daarna op Davda: boem, boem. Allebei dood.'

'Hou je mond, alsjeblieft. Waar stond je dan?'

'Achter de deur van de moskee.'

'Lijkt me duidelijk dat ik je niet hoef te vragen je mond te houden. Je weet wat het gevolg zou zijn.'

'Ik ben écht geen kind meer, Menach. Verder heb ik je dat alleen verteld om je duidelijk te maken hoe onoplettend je soms kunt zijn.'

'Vaarwel, Ouali!'

'Tot ziens.'

En Ouali sprong over de heg om met grote passen weg te rennen over de akker die rechts naar de rivier afliep.

Ze gingen de begraafplaats op en Ibrahim strekte opnieuw zijn handen uit voor het gebed.

'Ik loop verder,' zei Menach, die zijn weg vervolgde naar het graf van Mokrane.

Het was zijn laatste afscheid; hij kon zijn tranen niet bedwingen.

'Blijf maar hier jij,' zei hij, 'echt overwonnen ben je

niet, want je bent strijdend ten onder gegaan, met de eer van een krijgsman. Van ons allemaal heb jij het mooiste eind gekregen. Een leven dat in Taasast was begonnen kon ook alleen maar eindigen bij de Kouilal, en jij was de enige die genoeg kracht had om door te gaan tot de bergpas. Eigenlijk ben je zelfs de overwinnaar, aangezien je Aouda achterlaat. Hem laten we alles na. In al je vrijgevigheid neem je het ons vast niet kwalijk als we ons hem een beetje toe-eigenen en hem als de opvolger beschouwen van iedereen die samen met jou in onze donjon was. We hebben Taasast niet meer met zijn allen kunnen openen, maar Aazi is er nog om het te doen. Ik ga weg, Mokrane, mijn kleine vriend. Nooit zal ik nog terugkeren naar deze vergeten heuvel waar jij niet meer bent. Denkend aan alles wat we met elkaar hebben gedeeld, heb ik geprobeerd alles wat je hier hebt achtergelaten zo goed mogelijk te regelen. Daar hoort Aazi ook bij, want jullie late en tijdelijke scheiding was een vergissing die voortkwam uit een moment van verstandsverbijstering. Diep in je hart wilde je weer met haar samen zijn, zoals zij altijd de jouwe is gebleven. Jij blijft tenminste de plaatsen trouw waar we onze gezamenlijke droom hebben beleefd. Dus moet ik je vaarwel zeggen. Vaarwel, tot de volgende keer, wanneer mijn ziel beslist de jouwe weer zal ontmoeten, en die van Aazi, Idir en Kou, om samen Taasast weer op te bouwen in een wereld waarin geen lijden en obstakels meer bestaan. Vaarwel, Mokrane.'

'Amen,' zei Ibrahim, die verderop net zijn gebed had opgezegd.

Nawoord

Asis Aynan – De onsterfelijke grote broer

Voor de dichters Chacha en Ahmed Ziani

Het regent. Hard en onophoudelijk. Het is 25 februari 1989, elf uur 's avonds en Mouloud Mammeri rijdt in zijn Peugeot 205. De schrijver, taalkundige en antropoloog is goed gestemd en voldaan. Hij heeft zojuist een lezing gegeven aan de universiteit van Oujda in Marokko. Het was druk geweest, veel studenten, journalisten en vrienden.

Voor hij vertrok sprak Mammeri een bevriend collega over de telefoon. Ze maakte zich zorgen. De lezing zou pas laat afgelopen zijn en de Magrebijnse wegen zijn slecht onderhouden, smal en onverlicht. Zijn collega probeerde hem over te halen pas de volgende ochtend naar Algerije terug te rijden, maar ze wist dat het weinig zin had, want Mouloud had haast, altijd haast.

'Ik ken de weg goed, mijn autootje is pico bello in orde en deze februaridagen zijn prachtig!' stelt hij haar gerust.

'Wees voorzichtig, Da Lmouloud,' zegt ze nog.

*

Mouloud Mammeri werd in 1917 in het Algerijnse Taourirt-Mimoun geboren, een dorp in Kabylië in het noordoosten van het land, waar de natuur zich door niets en niemand laat bedwingen en haar ongeremde onafhankelijkheid toont. Zijn inwoners zijn uit hetzelfde hout gesneden.

De vrije geesten van Kabylië hebben als geen ander hun politieke en culturele stempel op de Noord-Afrikaanse geschiedenis gedrukt.

Na de lagere school stuurden Mammeri's ouders hem naar een oom in Rabat (Marokko), die adviseur van koning Mohammed V was. Toen hij de middelbare school afrondde, keerde hij terug naar Algerije om daarna in Parijs verder te studeren. Mammeri specialiseerde zich in de Franse letterkunde en antropologie. Hij onderbrak zijn studies bij het uitbreken van de Tweede Wereldoorlog; hij werd opgeroepen om aan Franse zijde tegen Hitler te strijden en vocht in Italië, Frankrijk en Duitsland.

Na de oorlog begint Mammeri aan zijn kleine literaire oeuvre – Algerije stond op dat moment nog onder Frans protectoraat (1830-1962). Door zijn studies en de wrede oorlog zag hij hoe belangrijk het is dat een volk zijn geschiedenis en literatuur optekent. Marokko, waar dat amper gebeurde, illustreert dat uitstekend, het land ging zich gedragen naar de verhalen van anderen, die over kifrokers, de eeuwige couscous, mierzoete muntthee en prostituees in overvloed gaan, over de sultans op hun troon in een duizend-en-één-nachtdecor.

Voor Mammeri geen dergelijke horror.

Er was amper sprake van een moderne Algerijnse literatuur, tot de Vijftigers van zich lieten horen; een klein groepje schrijvers dat al dan niet los van elkaar over de Algerijnse geest en identiteit en het kolonialisme schreef. De belangrijksten onder hen zijn Mohamed Dibb, Assia Djebar, Kateb Yacine, Mouloud Feroun, Marie-Louise Taos Amrouche en Mouloud Mammeri.

In de jaren vijftig en zestig schreef Mammeri drie romans: *Het verlaten land (La Colline oubliée), De slaap der rechtvaardigen (Le sommeil du juste)* en *Opium of stok-*

slagen (L'opium et le bâton). Zijn vierde en laatste roman *De kruising (La traversée)* zag het licht in 1982. Alleen *Opium of stokslagen* verscheen eerder in het Nederlands, in 1980 bij Het Wereldvenster – Romans uit de Derde Wereld.

Aan de vooravond van de Algerijnse Onafhankelijkheidsoorlog (1954-1962), die tussen de 350.000 en anderhalf miljoen mensen het graf mee innam, debuteerde Mammeri in 1952 met *Het verlaten land*. Het boek wordt als de eerste grote moderne Algerijnse roman beschouwd, daarom kreeg Mammeri de koosnaam Da Lmouloud. *Da* is een afkorting van *dada*, een respectvolle aanspreekvorm voor de oudste broer binnen een gezin. In Kabylië wordt Mouloud als Lmouloud uitgesproken.

In de Franse pers werd het boek overladen met lof maar in Algerije heersten er ambivalente gevoelens jegens het verhaal. Het gejubel in de Franse kolommen werd door een deel van het Algerijnse lezerspubliek als misplaatst ervaren. Frankrijk was immers de kolonisator, de grote vijand, en die ging zich nu ook bemoeien met hun literatuur. In Algerije werd *Het verlaten land* door velen omarmd, maar het kreeg ook het commentaar verkeerde beschouwingen over de Algerijnse cultuur te bevatten en het werd regionalisme verweten, omdat het verhaal zich voor een groot deel in het dorp Tasga afspeelt.

De reacties in Algerije hadden gemeen dat ze een dorst naar eigen verhalen op papier vertolkten. Het was een literair antwoord op de moderne tijd, die het Algerijnse volk niet goed gezind was. Eindelijk was er, na Lucius Apuleius Madaurensis (*De gouden ezel*) en Augustinus (*Belijdenissen*), onder hen weer een groot schrijver opgestaan.

De vorm van *Het verlaten land* is bijzonder. Het boek kent hoofdstukindeling noch hoofdstuknummering, en ik denk dat Mammeri liever geen paginanummers op de bladzijden had gezien. Het is één verhaal dat op één vel zou moeten staan, het wordt in één adem verteld.

De roman opent met de beschrijving van de onstuimige seizoenen in het dorp Tasga. De lezer weet direct dat het leven er niet eenvoudig is. Het lijkt een dorpsverhaal; een kleine gemeenschap, de gebruiken, tradities, architectuur, verhalen en gedichten van dat stukje Algerije worden met grote precisie beschreven. Dat maakt het eveneens een onthaastingsroman; de levens van de personages worden niet als een serie snapchatfoto's gepresenteerd, maar als een panorama waar de tijd voor moet worden genomen. Het is ook een ontwikkelingsroman, niet van één persoon, maar van een vriendengroep, de vrienden van Taasast.

Taasast is de zolder waar het hoofdpersonage, de jonge Mokrane, en zijn vrienden samenkomen en hun geheimen met elkaar delen. De vriendengroep bestaat uit Idir, Menach, Meddour, Sekoura, Mokrane en Aazi. De bovenkamer is al tijden niet meer geopend, omdat de groep volledig moet zijn om de deur van het slot te mogen halen. De deur van Taasast zal ook niet meer openen, want de vriendengroep wordt volwassen. Om tot wasdom te komen moet je je jeugd verlaten, en daarom verraden ze een voor een hun jongere ik. Die ontrouw aan de jeugd zal voor iedereen herkenbaar zijn.

Mokrane trouwt met Tamazouzt, die in de roman de fluweelzachte naam Aazi draagt, de verloofde van de nacht. 'Nieuwe namen' zijn geen uitzondering in het verhaal, evenmin als in de Berbercultuur, want in hoeverre komt een geboortenaam overeen met wie je bent? Zo kreeg Mammeri van zijn ouders de naam Mohammed, die hij wijzigde in Mouloud. We moeten het principe van een geschiktere naam niet verwarren met het spel van de bijnaam, dat spot als basis heeft. Als Tamazouzt wordt beschreven, is zij de wederhelft van Mokrane, die van haar gemeenschap de opdracht heeft kinderen te baren en verder moet ze haar mond houden. Terwijl de woorden die aan Aazi zijn gewijd over haar grote talenten gaan, ze is een danseres, een dichter, de verloofde van de nacht.

Mammeri toont op rake en ontroerende wijze het pijnlijke verschil tussen hoe wij onszelf zien, wie we willen zijn, en de verwachtingen van de mensen om ons heen.

Niet alleen de liefde tussen Aazi en Mokrane krijgt veel te verduren. De wereld en het dorp zijn zwanger van het grote onheil dat de Tweede Wereldoorlog heet. Dat blijkt al snel: 'Sinds lange tijd heerste er in ons plaatsje inderdaad een vreemde, ongrijpbare ziekte. Een ziekte die overal en nergens was, die soms een paar maanden weg leek te zijn om dan ineens weer toe te slaan, keihard, als het ware ter compensatie van het korte respijt dat we hadden gehad. We hadden alles geprobeerd, maar niets hielp, vooral omdat niemand precies wist wat de oorzaak van het probleem was, welke heilige we hadden beledigd, hoe de jongeren over de schreef waren gegaan of hoe de oudjes in de vergadering verkeerd hadden geredeneerd of onjuiste beslissingen hadden genomen.'

De wereldoorlog is een spookbeeld, een schaduw. De verschrikkingen worden niet getoond, maar door de lezer onderhuids gevoeld.

Ook migratie speelt een rol in *Het verlaten land*. Op dit gebied is er sinds de publicatie van het boek weinig veranderd in het huidige Noord-Afrika. Jongeren vertrekken nog steeds naar Frankrijk om geld te verdienen en de migratie destabiliseert de dorpen. Iedere samenleving heeft jongeren nodig, zij zijn het hart, zonder hen ontbreekt het aan feest, nieuw leven, stommiteiten en drama. In ruil voor het geld van Frankrijk krijgen de dorpen lege en kille straten.

Mammeri's tweede boek *De slaap der rechtvaardigen* is een ideeënroman. Hij laat op de derde pagina de protagonist tegen zijn vader zeggen dat God niet de grootste is, omdat bij de oppergod het kwaad een noodzaak is, want anders heeft het goede geen bestaansrecht. Dus noodzaak is superieur aan God. De vader loopt het huis in en pakt een geweer om zijn Heer te wreken. De vader is een uitmuntend schutter. De zoon zet het op een rennen, en de kogels suizen langs zijn hoofd; zijn vader mist. Met opzet. Zijn zoon kan hij geen kwaad doen. De liefde voor zijn dierbare is groter dan die voor God.

Gingen Mammeri's eerste twee romans over de koloniale periode, *Opium of stokslagen* verhaalt over de onafhankelijkheidsstrijd. De arts Bachir Lazrak woont in de hoofdstad Algiers en leeft met zijn Franse vriendin Claude een comfortabel leven. De dokter wil niets weten van de Onafhankelijkheidsoorlog. Door een samenloop van omstandigheden wordt hij gedwongen Algiers te verlaten en de vuile oorlog ingetrokken. In de bergen van Kabylië gaat hij bij het verzet en strijdt tegen de Fransen. Gedesillusioneerd zegt Bachir Lazrak aan het einde van het boek: 'Ik zal geen glaswerk meer accepteren voor diamant, valse schijn. De waarheid! Met minder ben ik niet tevreden, de waarheid die je niet voor de gek kan houden en niet aan ketenen kan leggen… geen opium en geen stokslagen.' Deze woorden zijn voor Mammeri zelf bestemd, want na het schrijven van *Opium of stokslagen* verlaat hij de literatuur en legt zich toe op de wetenschap. Hij wordt in de academische wereld een autoriteit op het gebied van de Berbertaal en -literatuur.

Tot op de dag van vandaag wordt er naar zijn werk verwezen.

In 1957 verlaat hij Algerije omdat de Franse autoriteiten zijn werk als gezagsondermijnend zien. Hij leeft als balling in Marokko, en Tunesië, waar schrijvers als Assia Djebar en Ketab Yacine ook hun toevlucht zochten. Waarschijnlijk legt Mammeri in die periode contact met het Bardo Museum in Tunis, waar hij later als onderzoeker zal werken.

In 1962 wordt Algerije onafhankelijk en keert hij terug naar zijn vaderland. Hij schrijft de eerste toespraak die president Ben Bella bij de Verenigde Naties voorleest. Het is bittere ironie dat Mammeri daarna het werken moeilijk wordt gemaakt, omdat de overheid bij de onafhankelijkheid het Arabisch als officiële taal heeft ingesteld en bang is dat Mammeri's wetenschappelijk onderzoek een Berberrevolte zou kunnen ontketenen.

Ondanks de tegenwerkingen gaat hij door met zijn werk. In 1969 publiceert hij een dichtbundel van de bohemien en dichter Si Mohand-ou-Mhand. Halverwege de jaren zeventig verschijnt zijn wetenschappelijke hoofdwerk, het Berberwoordenboek, en op 10 april 1980 maakt Mouloud Mammeri zich op om een lezing te geven aan de universiteit van Tizi-Ouzou in Algerije over zijn studie *Poèmes Kabyles anciens*, een omvangrijk boekwerk met historische gedichten en toelichtingen, verklaringen en een uitgebreid register. In *Poèmes Kabyles anciens* staat vooral lyrische poëzie, zoals het gedicht waar een heilige wordt bezongen: *Sta mij bij wanneer ze me hullen in het rouwkleed / En ik bij het wisselen van verblijf / Gescheiden word van mijn dierbaren.*

Het gezag verbiedt de lezing, en Mammeri wordt de toegang tot de stad ontzegd. Het volk ziet in het verbod het zoveelste bewijs van de onderdrukking van de Berbertaal en -cultuur en gaat massaal de straat op. De machthebbers beantwoorden de protesten met grof geweld. Ook hier is de ironie niet ver weg: tegenwoordig draagt de universiteit van Tizou-Ouzou de naam van Mouloud Mammeri en in deze universiteitsstad staat sinds de zomer van 2016 een levensgroot bronzen beeld van de schrijver. Sinds die aprildag in 1980 wordt de Berberlente, *Tafsut Imazighen*, jaarlijks wereldwijd gevierd.

Op Mammeri's begrafenis in Taourit-Mimoun bewezen meer dan tweehonderdduizend mensen hun laatste eer aan de schrijver. Na zijn dood wist Tahar Djaout, Mammeri's literaire erfgenaam, de gapende kloof tussen overheid en volk tekenend te omschrijven: 'De avond waarop jouw dood plots op de televisie werd bekendgemaakt, moest ik helaas opmerken – ondanks mijn onbeschrijfelijke kwelling – dat het de tweede keer was dat jouw naam werd genoemd: de eerste keer was om jou te beschimpen, in 1980, er werd een schaamteloze lastercampagne tegen jouw persoon gevoerd, en nu, deze keer, negen jaar later, om ons te vertellen van jouw overlijden. De staatstelevisie kon ons geen filmfragment van jou tonen. Ze hadden je nooit gefilmd, je nooit laten spreken.'

*

Het is 25 februari 1989, elf uur 's avonds. Mouloud Mammeri heeft flink doorgereden. De jaren negentig stonden voor de deur en de volgende oorlog hing in de lucht, de Algerijnse Burgeroorlog, tussen de overheid en islamitische groeperingen. De schrijver Kateb Yacine zag de dreiging aankomen. Hij zei in maart 1988 tegen een Parijse vriend: 'Er is een groot kwaad onder ons.' Enkele maanden later komen er zeshonderd mensen om bij een volksopstand, de eerste tekenen van de Algerijnse Burgeroorlog, die het land drie jaar later alweer in bloedplenging stort en een decennium duurt.

Mammeri is al voorbij het Algerijnse Aïn-Delfa. Misschien zou hij rusten in El-Khemis, de eerstvolgende grote stad, in een hotel, bij vrienden of gewoon op de bestuurdersstoel van zijn auto. Het regent hard. Achter hem rijdt een taxi. Te dichtbij. In een bocht wordt Mammeri verrast door een stilstaande vrachtauto met knipperende lichten. Hij remt. De taxi achter hem reageert te laat en rijdt in op zijn Peugeot. Mammeri verliest de macht over het stuur, raakt van de weg en knalt tegen een boom. Enkele uren later sterft hij in het ziekenhuis.

Toen zijn collega een paar uur daarvoor Da Lmouloud vroeg om voorzichtig te zijn, lachte hij in de hoorn.

'Kom op, maak je om mij geen zorgen,' zei hij en voegde daar op schelmse toon aan toe, 'je weet dat ik onsterfelijk ben.'

Op driekwart van *Het verlaten land* ontdekt de lezer dat hij Mokranes dagboek heeft gelezen. Wanneer Mokrane alleen en op verschrikkelijke wijze sterft, gaat het verhaal daarna verder, net als bij Mouloud Mammeri: het fatale auto-ongeluk heeft zijn academische en literaire werk niet in de lade gelegd. De tijd heeft de betekenis ervan alleen maar doen toenemen. De sleutel naar die bereikte eeuwigheid is zijn debuutroman; al het belangrijke werk van Mammeri ligt vervat in *Het verlaten land* en vele academici en schrijvers zijn aan hem schatplichtig: Da Lmouloud, de onsterfelijke grote broer.

Woordenlijst

Administrateur	vertegenwoordiger van het Franse gezag
amin	dorpshoofd
bachagha	plaatselijke bestuurder
baraka	zegenende, goddelijke energie
caïd	plaatselijke bestuurder, aan het hoofd van een douar
chaouch	bode, hulpje
chechia	hoofddeksel voor mannen
douar	verzameling huizen, bestuurlijke eenheid
galette	plat brood
gandoura	lange tuniek zonder mouwen en capuchon
hadra	islamitisch (helend) ritueel met mystieke dans
Iroumen, Iroumien, Aroumi, roumi	westerlingen, Europeanen
kanoun	vuurpot
Mouloud	geboortedag van de Profeet Mohammed
ourar	vrouwenfeest bij huwelijk
sehja	zang- en dansgroep
sjahada	islamitische geloofsgetuigenis
sjiech	imam
tajmaït	dorpsvergadering
taleb	Koranstudent
Timechret	(Kabylisch) dorpsfeest
youyou	uitroep van vreugde of rouw